「はああっ、あぁあ」

「熱い、君の中。きつく締めて。気持ちいいよ、クリスタ」

ギルベルトが熱い肉楔を抜き差しし始める。

「あぁ、は、はぁ、あぁ、はぁあ」

二人の乱れた息と喘ぎ声、粘膜の打ち当たる音、飛び散る水音、
すべてが快感を増幅させる刺激でしかなかった。

政略結婚しましたが、愛してるのは秘密です

～ツンデレ皇帝夫妻は蜜月に奮闘中～

すずね凜

Vanilla文庫

政略結婚しましたが、
愛してるのは秘密です
ツンデレ皇帝夫妻は蜜月に奮闘中

イラスト／御子柴リョウ

序章

「私が、ギルベルト様――ホルガー帝国皇帝と、結婚するのですか？」

ヨッヘム王国の王女クリスタは驚きを隠せないでいた。

その日、彼女はヨッヘム王国の国王の病室に呼び出された。

父王は一昨年に脳の病で倒れて以来、寝たきりになっていた。父王は唇を震《ふる》わせながら、途切れ途切れの掠《かす》れた声で言う。

「そうだ、クリスタ、私が死ぬ前に、ホルガー帝国との、積年の禍根《かこん》を取り除きたいのだ」

クリスタは父王の枕元に身を寄せて、その痩《や》せ細った手を握りしめた。

「父上、どうか死ぬなどと不吉なことをおっしゃらないで」

父王は窪んだ目でクリスタを見つめる。

「まだ十七歳のお前に、このような重い責務を背負わせるのは、心苦しい。だが、姉たちは皆嫁《とつ》いでいるし、後継ぎの王太子フランツは今年十二歳、国王として国を治めるにはまだまだ幼い。この国の未来のためにも、クリスタ、頼みの綱はお前だけなのだ」

クリスタは、血を吐くような父王の言葉を噛みしめる。

「父上のお気持ちは理解します。でも、ホルガー帝国とは三世紀の永きに渡り、敵対しているではありませんか。ギルベルト様、いえホルガー帝国皇帝が私との結婚を受け入れるとは思えません」

「いや――この結婚話は、前々からホルガー帝国側から打診があったのだ」

「え？」

「現皇帝はまだ二十六歳と若い。おそらく彼も、自分の代で両国間の関係をなんとかしたいと考えているのだろう。明らかな政略結婚ではあるが、両国の未来のためには、最良の選択だと私も思う」

「あの人が――そんなことを」

複雑な感情が胸を支配した。

クリスタは目を伏せ、十一年前の出来事を思い出す。


ヨッヘム王国とホルガー帝国は、大河を挟んで並び立つ大国同士である。

おおよそ三百年前、国境問題で争いが起こり、大規模な戦争が勃発した。多くの血が流れ両国とも多大な損害を被《こうむ》った。大陸の他の国々が仲裁に入り、一応の和解は成立したが、それ以来両国は国交を断絶した。

当時の国王と皇帝は、戦争の責任は相手の国にあるとして、国民の敵対心を煽《あお》った。長年に渡り、両国の溝は深まるばかりであった。

父王の代になったばかりの頃、大陸の北部で大きな地震が起きた。

大陸の中央に位置するヨッヘム王国とホルガー帝国には目立つ被害はなかったが、多くの国が甚大な被害を被った。ヨッヘム王国とホルガー帝国は被災した各国に支援を行ったが、その際、国同士が連携して助け合うことの重要性を痛感した。大国同士がいつまでも国交を断絶しているのは両国の益にならないと、双方が考えた。

慎重に打診を重ね、ついに中立地帯の離宮において、ヨッヘム王家とホルガー帝国皇家が和解への道を探るために顔を合わせることとなった。

それは、クリスタが六歳の時のことであった。

「ねえねえ、ホルガー帝国皇家の人間って、皆意地悪で冷酷で残忍なのでしょう？　そんな国の人たちと、仲良くなれるの？」

離宮のヨッヘム王家の控え室で、クリスタは不安そうに両親や姉たちに訴《うった》えた。

これまでクリスタは家庭教師や使用人たちから、ホルガー帝国は悪の権化であると教えられてきた。幼いクリスタは素直にそれを信じていた。

だから、今日この離宮でホルガー帝国皇家の人々に会うということが、怖くて仕方ない。

あと半刻もしたら、会談が始まってしまう。

母王妃が優しく言い聞かせる。

「クリスタ、確かにこれまで両国は仲違いをしてきました。でも、時代は変わったの。双方で歩み寄り、理解を深めることが大事なのよ」

「でも、でも……やっぱり怖い」

怯《おび》えるクリスタに、父王がうなずいて声をかけた。

「ふむ、お前はまだ小さい。堅苦しい会談に出席することもなかろう。クリスタ、お前は中庭で遊んでいなさい。晩餐会の時間になったら、侍従を呼びにやろう」

クリスタはホッと胸を撫《な》で下ろした。

「ありがとう！　お父様」

軽やかな足取りで、クリスタは離宮の中庭に向かった。

中立地帯に建設されたこの離宮は、和平交渉や戦争締結に使用するため、大陸の各国が持ち回りで管理している。離宮内は常に綺麗《きれい》に清掃され、庭も専属の庭師の手によってきちんと整備されていた。

庭には四季折々の花が咲き乱れ、大きな池のほとりには大理石でできた東屋《あずまや》がある。

「うわあ、ステキ」

幼いクリスタは、花を摘《つ》んで蝶々と戯《たわむ》れ、いっとき今日の日の重圧感を忘れてはしゃいでいた。

ふと、池に映る自分の姿を見やる。

燃えるような赤毛に透明に近い灰色の瞳、透けるような色白の肌は幽霊のよう。

「あ……」

クリスタは急に元気を失い、池の淵《ふち》にしゃがみ込みため息をついた。

両親も姉も皆、輝く金髪と青い目、健康的な小麦色の肌の持ち主だ。

末娘のクリスタだけが赤毛に灰色の目、透き通るような白い肌を持って生まれた。確かに両親の娘なのに、なぜ自分だけこんなに容姿が違ったのだろう。曾祖母が赤毛の持ち主だったので、その遺伝が出たのだろうということだった。

「なんで、私だけ？」

クリスタには神様が意地悪したとしか思えない。こんなニンジン色の髪の毛なんか大嫌いだ。ガラス玉みたいな色の薄い瞳も青白い肌も、何もかも好きになれない。

しばらくしょんぼりと池の淵に佇《たたず》んでいたが、やがて持ち前の負けん気が湧いてくる。

「きっと、もっと大人になったら、お姉様方みたいな綺麗な金髪と青い目に変わるわ、きっとそうよ」

自分に言い聞かせていると、水面に綺麗な小さい赤い魚が浮いてきた。

「あ、可愛《かわい》いっ」

クリスタは思わず両手を伸ばしてその魚を掬《すく》おうとした。小魚はちょろちょろとクリスタの手を逃れる。

「ああん、もう少しなのに」

思わず前のめりに身を伸ばした直後、足元の地面が急に崩れ、クリスタはぐらりと体勢を崩した。

「きゃあっ」

顔からどぼんと池の中に落ちた。

慌《あわ》てて立ち上がろうとして、思ったより池が深いことに気がつく。足がつかない。水を吸ったスカートが重く、身体が水の中に沈み込んだ。

「助けて、誰か、助けて……！」

ばしゃばしゃと両手で水を掻《か》いて、必死に助けを求めた。だが水が大量に口に流れ込み、むせて声が上げられない。息が詰まった。

恐怖で気が遠くなる。

「誰かぁ、誰かぁあ……」

ぶくぶくと頭まで沈みそうになった時だ。

ぐぐっと身体を抱え上げられた。

「しっかりしろ！」

頭の上から澄んだアルトの声がした。

クリスタは夢中で自分を抱き上げた相手にしがみつく。

すぐに岸辺に辿り着き、クリスタは地面に下ろされた。

「げほっ、げほ、げほっ」

「水を飲んだのか？　吐くんだ」

大きな手が背中をさすってくれた。

クリスタはえずきながら、水を吐き出した。ようやく呼吸が楽になる。

「はぁ、は、はぁ……」

「苦しいか？　もう大丈夫だ、大丈夫だからね」

相手はまだ背中をさすりながら、気遣わしげに顔を覗《のぞ》き込んできた。

クリスタは涙目で顔を上げる。

瞬間、再び息が止まるかと思った。

目の前に、絶世の美少年がいた。
十四、五歳だろうか。サラサラした金髪に宝石のような青い目、知性と気品のある顔立ち。
こんな美しい人を見たことがない。

「……」

声を失ったクリスタに、少年はさらに心配そうな顔になる。

「医師を呼ぶか？」

クリスタはハッと我に返った。

これから、大国同士の大事な会談があるのだ。騒ぎを起こしたくない。首を横に振る。

「ううん、もう大丈夫、です」

少年が安堵《あんど》したように笑みを浮かべた。

「よかった」

眩しい笑顔に心臓がドキドキいう。

少年は自分の上着を脱ぐと、それで濡れたクリスタの身体を包んだ。

「とにかく、誰か呼んで君を――」

その時、庭の植え込みの向こうから、男の声がした。

「ギルベルト様、お時間ですよ、ギルベルト様」

少年はハッとしたように立ち上がった。その年頃にしては、とても背が高かった。

「アントンか、すぐ行く」

少年は植え込みの向こうに声をかけた。

「すまない、私はもう行かねば。だが、誰ぞここに差し向かわせるので、安心しろ」

少年は名残惜しげな視線を投げかけ、足早にその場を去っていった。

「……ギルベルト……」

クリスタはぼんやりと少年の後ろ姿を見送った。

まるで風のように現れて風のように去っていってしまった。

あの少年は夢なのだろうか。クリスタはそっと自分の頬をつねってみた。

「いたた……」

そのまま、ぼんやりと池の端に立ち尽くしていた。

「クリスタ、いつまで遊んでいるの？　そろそろ晩餐会《ばんさん》のためにお支度しましょう」

入れ替わりのように、母王妃が現れた。母王妃はずぶ濡れのクリスタを見ると、驚いて駆け寄ってきた。

「まあ、どうしたの？　びしょびしょじゃないの」

「ああお母様、ごめんなさい、はしゃぎすぎて水たまりで転んでしまったの」

常日頃から、母王妃からお転婆な行動を窘《たしな》められていたので、池の魚を捕まえようとして落ちたなんて、気まずくて言えなかった。

母王妃はクリスタを抱き上げた。

「しょうもないお転婆さんね。急いでお着替えしましょうね。あら？　この上着は？」

母王妃はクリスタをくるんでいる上着に目を止める。

「あの、これは……」

母王妃が眉を顰《ひそ》めた。

「赤と白の獅子の縫取り――ホルガー帝国皇家の色だわ」

「えっ？　ホルガー帝国皇家？」

クリスタはぎょっとした。

先ほどの少年は、ホルガー帝国皇家ゆかりの人間だったのか。

あの悪の権化と言われるホルガー帝国皇家の？

クリスタの心はみるみる冷えていく。

だが、少年の笑顔を思い浮かべると、胸の奥がきゅんと甘く痺《しび》れた。

その相反する感情に、幼いクリスタは混乱するばかりだった。

離宮に戻ると、父王始め姉たちの表情は芳《かんば》しくなかった。

昼間の会談は、お互いがギクシャクして話し合いはなかなか進まなかったようだ。

「だが、晩餐会で美味い料理と酒で場が和めば、もう少し話も弾むだろう」

父王は周囲にも自分にも言い聞かせるように言う。

濡れたドレスから着替えたクリスタは、鏡の前で母王妃に髪を結ってもらった。甘えん坊のクリスタは、髪結いの侍女よりも母王妃に結ってもらうことを好んだ。

「ねえ、お母様。こんなニンジン色の髪、ホルガー帝国皇家の人々がみっともないと思わないかしら？　私もいつかお母様みたいな素敵な金髪になれたらいいのに」

不安げに鏡の中の母王妃に話しかける。母王妃は少し困った顔になる。

「そうね、そうなるかもしれないわ。でもね、クリスタ」

母王妃は優しく微笑む。

「私はあなたのつやつやした朝焼けのような髪の色がとても好きよ。エキゾチックでとても情熱的だわ。きっと、ホルガー帝国皇家の人たちもそう思うわ」

クリスタは少しだけ気持ちが明るくなる。

「ほんとう？」

「ほんとうですとも。あなたはとても可憐《かれん》だわ」

クリスタは鏡の中でニッコリ微笑んだ。

母王妃に手を引かれて、晩餐会の開かれる大食堂へ向かった。

クリスタは初めてホルガー帝国皇家の人間に会うので、緊張して脈動が速まってくる。

真っ白なテーブルクロスを掛けた長い食卓には、向かい合わせでヨッヘム王家とホルガー帝国皇家の人間が座っている。上座に、父王とホルガー帝国皇帝が並んで座し、食前酒を片手に和やかに会話をしていた。ホルガー帝国皇家は、皇妃が先だって逝去しているということで、席には皇女たちと皇太子だけが着席していた。

「お待たせしました。末娘のクリスタでございます」

母王妃がクリスタを紹介した。

「初めまして、クリスタ・ヨッヘムです」

クリスタはスカートの裾を摘《つま》んで頭を下げ、この日のために練習してきた挨拶《あいさつ》とお辞儀をぎこちなくする。

ゆっくり顔を上げた途端、ハッとして動きが止まった。

ホルガー帝国皇家側の末席に、見覚えのある少年が座っていたのだ。

サラサラした金髪に澄んだ青い目、整った美貌——昼間、中庭で助けてくれたあの少年だった。

母王妃が上着のことを指摘してからもしやと思ったが、やはり彼はホルガー帝国皇家の人間だったのだ。クリスタはなぜか気落ちしてしまう。

立派な口髭《くちひげ》を蓄えたホルガー帝国皇帝が機嫌のいい声で言う。

「これはなんとも愛らしい王女殿下だ。クリスタ王女殿下、そちらが私の一人息子のギルベルトです」

ギルベルトと呼ばれた少年がすっと立ち上がる。

「ギルベルト・ゴットフリートです。王女殿下、お目にかかれて光栄です」

ギルベルトは滑《なめ》らかな仕草で完璧な挨拶をした。だが、彼は何が面白いのかニヤニヤしてこちらを見ている。

もしかしたら、池に落ちたうっかり少女がヨッヘム王国の王女だったことがおかしいのかもしれない。クリスタは顔から火が出そうだった。

うつむいて席に着こうとすると、ギルベルトは素早く食卓を回ってクリスタのために椅子を引いた。紳士的な態度だが、池の件を知っている彼に構われたくない気持ちが先だった。

クリスタは無言で席に着いた。

椅子を押す時に、ギルベルトが小声でささやく。

「風邪を引かなかったか？」

からかうような口調に聞こえ、クリスタは恥ずかしさにさらに頭に血が上る。彼と視線を合わせないようにした。

ギルベルトは自分の席に戻ったが、ちょうどクリスタの真向かいの位置だった。クリスタは緊張と混乱で心臓がドキドキして、顔を上げられないでいた。

会食が始まった。

向かいの席のギルベルトがこちらをじっと見ている視線を感じる。

クリスタは監視されているみたいで落ち着かない。

なかなか食の進まないクリスタを見て、

「君は好き嫌いが多いのかい？」

と、ギルベルトが軽口を叩いてくる。クリスタはキッと顔を上げた。

「嫌いなものはございません」

突き放すように答え、フォークとナイフを手に取ると、黙々と食事を始めた。

無愛想な口調に、ギルベルトがムッとした表情になった。

食事が進むにつれ、両家の雰囲気はさらに和んできた。

父王とホルガー帝国皇帝陛下の会話も弾んでいる。

母王妃は既婚者だというホルガー帝国皇家の皇女と、子育ての話題で盛り上がっているようだ。

「うちの子どもたちは、皆活発なのですが、クリスタは特にお転婆で困っておりますの」

母王妃が何気なく言った。

すると、向かいのギルベルトがクスッと笑い小声でつぶやいた。

「それで池で泳ごうとしていたのか」

クリスタはギクリとして思わず、周囲を窺《うかが》う。幸い、クリスタ以外には今のギルベルトの言葉は聞こえていないようだ。

クリスタはギルベルトを睨《にら》んだ。

ギルベルトはなんでもないような顔をして、平然とこちらを見返し、また話しかけてくる。

「私は運動なら乗馬が好きだが、君は何が好きなのかな？」

クリスタは聞こえないふりをした。

「やっぱり水泳？」

羞恥にお腹の中が熱くなるような気がした。

「――」

「ねえ、聞こえてる?」

「――」

クリスタは無言のままサラダに塩をかけようと、食卓の塩壺に手を伸ばそうとした。さっとギルベルトが塩壺を取り、クリスタに差し出す。

「どうぞ」

「――」

クリスタはすっと手を引っ込め、そのままサラダを食べ始める。

ギルベルトは手に塩壺を持ったまま、困惑《こんわく》しているようだ。

その後もギルベルトはクリスタにしつこく話しかけてくる。クリスタはいつギルベルトが、自分が池に落ちたことを言い出すかとヒヤヒヤして、ろくに料理の味もわからない。

メインディッシュは魚料理だった。

「この料理のために、君はお魚を捕まえようとしたのかな?」

ギルベルトがナイフを使いながら、まだちょっかいを出してくる。では、ギルベルトはあの時はじめからクリスタの行動を見ていたのか。

いたたまれない。これ以上からかわないでほしい。

「――」

食欲はすっかりなくなっていたが、我慢して付け合わせのニンジンのグラッセを口に入れようとした。

一向に返事をしないクリスタに焦《じ》れたのか、ギルベルトが身を乗り出して、意地悪い声でささやいた。

「君の髪と同じ色だね。ニンジン王女」

瞬間、クリスタの頭の中で怒りが爆発した。

この世で一番言われたくない言葉だった。

「あなたなんか、大っ嫌い！　やっぱり、ホルガー帝国皇帝家の人間は、さいあくよっ」

クリスタはメインディシュの皿を摑むと、ギルベルトめがけて投げつけた。

「おっと」

ギルベルトは素早く身をかわしたが、皿は床に落ちてガシャーンと大きな音を立てて粉々に砕け散った。

和やかに会話を弾ませていた両家の人々は、驚いたように口を噤《つぐ》んだ。

クリスタは蒼白な顔で立ち上がった。

ギルベルトはぽかんとして目を丸くしている。

「クリスタ、なんて失礼な。謝りなさい」

母王妃が慌てて窘めた。

クリスタはわなわな震え、くるりと背中を向けた。そのまま食堂から走り去った。背後では両家がざわついているが、足を止められなかった。

クリスタは涙を浮かべて廊下を走った。

「いじわる、大嫌い、あの人、大嫌いっ」

そのままヨッヘム王家専用の控え室に飛び込み、奥の部屋に駆け込んでソファに倒れ込んでしくしくと泣いた。

後から追いかけてきた母王妃が、肩を震わせているクリスタに厳しい声で言う。

「どうしたというの？　王女のお前があんな無礼な態度を取ってはいけないわ。せっかく和やかな雰囲気になったというのに、台無しではないですか。さあ一緒に戻って、ギルベルト皇太子に謝りましょう」

クリスタにも自分がまずいことをしたということはわかっていた。

それでも、一番の劣等感である赤毛をからかわれたことはどうしても許せない。

「いやっ、ぜったい、いや！」

ぶんぶんと首を振る。

母王妃は困惑気味にため息をついた。

「しょうのない子ね。まだ幼い子どものしたことだということで、私が謝罪してきますから、そこで反省なさい」

母王妃はそう言うと、クリスタを残して部屋を出て行った。

クリスタは静まり返った部屋で、のろのろと身を起こした。

初めて会った時は、颯爽と助けてくれて優しくしてくれて、なんて素敵な少年だろうと思ったのに。あんな甘い気持ちになったのは生まれて初めてだった。

それが宿敵ホルガー帝国皇家の皇太子だったなんて。

それにしても、なんであんなにもクリスタをからかってきたのだろう。

ヨッヘム王家の王女だから意地悪をしてやろうと思ったに違いない。

悔しくて悲しくて、そしてなぜかとてもやるせなくて、涙が止まらなかった。

その晩の晩餐会は、クリスタの騒動のせいか、結局ぎこちない空気のまま終了してしまったようだ。

話し合いの場は改めて設けるということになり、離宮で一泊してのち、両家はそれぞれに帰国することとなった。

クリスタには、せっかくの両家の懇談を台無しにしてしまったという自覚があった。両親に申し訳ないという反省はあったが、ギルベルトのほくそ笑んだような顔を思い出すと、怒りが蘇《よみがえ》ってしまうのだった。

帰国の朝。

先に出立するホルガー帝国皇家を見送るために、両親と兄姉は離宮の正面玄関に出向いた。

クリスタだけは、それに加わらなかった。どうしたらいいのかわからなかった。

恥ずかしさ、怒り、せつなさ、もどかしさ、様々な感情が幼いクリスタの心をぱんぱんにしていた。

悄然《しょうぜん》と控え室のソファに座り込んでいた時だ。

コツコツと窓を叩く音がした。

ハッとして振り返ると、窓からギルベルトが顔を覗かせた。

ドキーン、と心臓が高鳴った。

「王女殿下、クリスタ王女」

ギルベルトが呼んでいる。

クリスタはおそるおそる窓際に近づき、窓を開いた。

走ってきたのか、ギルベルトは息を荒くしていた。

「私はもう出なければならない、でもその前にこれをあなたに――」

彼は自分の指に嵌《はま》っていた指輪を抜くと、手のひらに乗せて差し出した。精緻な細工を施した少し古びた金の指輪だ。

クリスタは甘い感情が込み上げて胸がときめくのを感じた。

「私に？」

ギルベルトがうなずく。

「母の形見の品だ。あなたに失礼なことを言ったお詫《わ》びだ」

優しい言葉に、クリスタの胸はきゅうっと甘く痺れた。

「それなら」

手を伸ばし指輪を受け取った。その時に、わずかに二人の手が触れ合った。

クリスタは全身の血が熱くなるような気がして、慌てて手を引っ込める。ギルベルトの目元がぽっと赤らんだように見えた。

彼は小声で言う。

「あの後、父上にも厳しく叱られた。反省している」

「私も……」

「だが、あなたの赤毛はニンジンよりも――」

「ニンジン」と聞いて、クリスタの眉がぴくんと跳ね上がった。

また赤毛のことをからかうつもりなのだ。かっと頭に血が上る。

「こんなもの、いらないわっ」

怒りに任せて、思わず握っていた指輪を庭の藪《やぶ》の中に投げ捨ててしまった。

「あっ」

ギルベルトが驚いて目を見張った。みるみる彼の顔が怒りに染まった。

「何をするんだっ。謝りに来たのに」

「お父様に言われたからでしょう?」

「ほんとうにわがままな王女だな。さすが軽薄なヨッヘム王家の人間だ」

「ヨッヘム王家の悪口を言わないで。そっちこそ極悪なホルガー帝国皇家じゃないっ。だいっ嫌いよ、あなたなんて」

二人は睨み合う。

その時、正面玄関の方で、出立の合図のラッパが鳴り響いた。

ギルベルトは口惜しそうに言い放った。

「さらば、ニンジン王女。君になんか二度と会いたくない」

彼はぱっと背中を向けて走り去ってしまった。

「ぁ――」

残されたクリスタは、呆然《ぼうぜん》としてその後ろ姿を見送る。

みるみる怒りが引いて、どうしようもなく寂《さび》しい気持ちになった。

父皇帝に命令されたからだとしても、せっかく謝りに来てくれたのに、ひどい態度を取ってしまった。

ましてや、母親の形見をくれようとしていたのに、かっとして放り投げるなんて。

でも、劣等感の源の赤毛を揶揄《やゆ》されることだけは、我慢できなかったのだ。

「ギルベルト……」

小声で彼の名前を呼ぶ。

大嫌いなはずなのに、名前をつぶやくだけで胸が締めつけられるような気がした。

それ以降、母王妃の病死や父王の病気などもあり、ヨッヘム王家はホルガー帝国皇家と会談する機会を持つことができずに、年月が経ってしまったのだ。

「——私があの人と結婚……」

十七歳になったクリスタは、痩せた父王の手を握ったまま物思いに耽《ふけ》っていた。

ホルガー帝国では、五年前に前皇帝が病死し、まだ若いギルベルトが新皇帝の座に就いたため、はじめの数年は政情が落ち着かなかった。

それでも、ホルガー帝国開国以来の才気煥発な皇帝と謳《うた》われたギルベルトは、見事に国を立て直し、以前よりもさらに国力が増進していると聞く。

かつては大陸の二大勢力だったヨッヘム王国とホルガー帝国だが、現在では明らかにホルガー帝国の方が国力が上になっていた。

病身の父王がこの国の未来を慮《おもんぱか》り、政略結婚の話を受けようと決意した気持ちは、痛いほどわかった。

国の繁栄と国民の幸せを第一に考えることが王家の人間の義務であると、父王にも亡き母王妃にも教えられてきた。

クリスタは胸の中で決意する。

そしてきっぱりと言った。

「わかりました。お父様、私、ホルガー帝国へ嫁ぎます」

父王が落ち窪んだ目を見開いた。そして、骨ばった両手でぎゅっとクリスタの手を握ってきた。

「クリスタ——よくぞ決心してくれた。仇敵《きゅうてき》の国へお前を一人で嫁がせるのは、心苦しい。だが、王家の人間の務めとして、どうか立派に振る舞っておくれ」

「はい、父上。ヨッヘム王家の誇りを失わず、必ずや両国の友好の架け橋となってみせます」

クリスタは真摯な眼差しで父王を見つめ、手を握り返した。

その責任の重さに総身が震えるが、一方で成長したギルベルトに会えると思うと、不思議に胸が甘くざわめいた。

——かくして。

三世紀に渡る確執を終わらせるべく、ヨッヘム王国の王女クリスタとホルガー帝国皇帝ギルベルトの結婚が正式に決まったのである。

ギルベルトとの結婚を決めた翌日のことである。

クリスタの部屋に訪問者があった。

クリスタの従兄弟にあたり、今は国交大臣の地位にいるモロー公爵だ。

クリスタより七歳年上のモロー公爵は幼馴染みで、気心が知れた仲だった。かつて王家の中では二人に婚約の話が出たこともある。モロー公爵側は乗り気のようだったが、クリスタはどうしても彼に友人以上の感情が持てず、婚約の話は立ち消えとなった。その後も、モロー公爵は何かとクリスタを気にかけてくれている。

「まあ、モロー公爵、ようこそ」

クリスタは笑顔で迎えた。

「クリスタ、君、ホルガー帝国の皇帝と婚姻するってほんとうかい？」

モロー公爵は不機嫌そうな顔で切り出す。

クリスタは努めて平静な声で言った。

「ええそうよ。両国の長年の確執を、この結婚を機に解消したいの」

「国王陛下は長の病で気弱になられたのか。これはあからさまな政略結婚じゃないか。いたいけな君を、悪辣《あくらつ》なホルガー帝国へ嫁がせるなんて、私は反対だ」

「心配してくれるのね。でも、大丈夫。私は立派にこの国の王女としての務めを果たすわ」

　モロー公爵はクリスタの本心を窺うような顔でこちらを見た。

「国のためを思う君の気持ちはわかるが。もし、ほんとうにいやだったら、断っても構わないのだよ。私は国交大臣として、善処する」

「ありがとう、モロー公爵。でも、私、心から国同士の争いをなくしたいと思うの。ほんとうに大丈夫よ」

　クリスタはモロー公爵の心遣いに感謝する。

「君は一度こうと決めたらなかなか頑固だからな。仕方ない。だが、いつでも力になるからね」

　モロー公爵はどこかまだ納得できないという風に答えた。

　モロー公爵が退出した後で、クリスタは胸に手を当てて、自分の本心を探ってみた。

　病床の父王の願いを叶えたい。長年の両国の対立関係を解消したい。ヨッヘム王国の王女として、国のために責務を果たしたい。

　どれも本心だ。

　だが――。

　最後に心の奥に浮かんでくるのは、ギルベルトの面影だ。

　彼の笑顔、意地悪な表情、怒った顔――何もかも覚えている。

　劣等感を持っている髪の色を揶揄されて、意地悪されて腹が立って、大嫌いだと思っていた。

でも、それだけではない違う感情がもやもやと湧いてくる。

なんとも表現しがたい甘酸っぱい気持ちだ。

この感情の正体がなんなのか、クリスタにはずっとわからないでいた。

ギルベルトに再会すればはっきりとわかるのではないかと思っている。

それは、怖いようなワクワクするような不思議な期待をクリスタに抱かせていた。


婚姻の準備は粛々と進み、その年の初秋、クリスタは祖国ヨッヘムを出立し、ホルガー帝国へ入国した。

ホルガー帝国皇家の習わしで、禊《みそぎ》の期間は男性に会うことは許されなかったので、クリスタは城から少し離れた場所に建てられた離宮で過ごした。

七日間の禊期間ののち、クリスタはホルガー帝国の首都の大聖堂で、ギルベルトと結婚式を挙げる運びとなった。

クリスタは挙式の場で初めて、成長したギルベルトと再会することとなったのだ。

第一章　口喧嘩からの甘いキス

結婚式当日は、雲ひとつない抜けるような青空であった。

ホルガー帝国の首都の大聖堂の周辺には、早朝から立錐《りっすい》の余地もないほどに民たちが集まっていた。

三世紀に渡って敵対していた国同士が、この結婚によってついに友好関係を結ぶのだ。

はたして、嫁《とつ》いでくるヨッヘム王国の王女はどのような女性なのだろうか——歴史的瞬間をひと目見ようと、正午の結婚式に向けて、まだ続々と人々が集結してくる。

その中には、積年のヨッヘム王国への恨みを隠せず、ヨッヘム王国の王女を罵倒《ばとう》してやろうと手ぐすねを引いている者たちも混じっていた。

「まあ、姫様、どんどん民たちが集まってきますわ。なんという盛り上がりなのでしょう」

聖堂の中の花嫁の控え室で、ヨッヘム王国から同伴してきた侍女が、窓の外を見て感嘆の声を上げる。支度を整えて椅子に座っていたクリスタは、立ち上がって侍女の後ろからそっと覗き見した。

群衆は、手に手に赤白に染め抜いたホルガー帝国の小旗を持って、それを振りながら祝福の声を上げている。

「いよいよだわ」

クリスタは脈動が速まるのを感じた。

ギルベルトはどのように成長しただろうか。

噂《うわさ》や肖像画で、彼が絶世の美少年から容姿端麗な青年に成長を遂げたことは知っている。

だが、やはり生身の彼に会うのは緊張する。

一方で、心臓がどうしようもなくトクトクとときめき、甘く疼《うず》くのを感じる。

初めて池で出会った時の、優しく頼もしい少年像も消すことができない。

だがクリスタの頭の中では、六歳の時に罵《のの》り合って別れた時のギルベルトの面影も強く残っている。

高慢で意地悪な少年。

そういうイメージが固まってしまっている。

どちらがほんとうの彼なのだろう。できれば、前者であってほしい。

だが、どちらがほんとうの彼だとしても、両国の友好と未来のためには、この婚姻は絶対に必要なのだ。クリスタは繰り返し胸の中で自分にそう言い聞かせていた。

「お時間です」

控え室の扉をノックして、係の者が声をかけてきた。

クリスタは顎《あご》をぐっと引き、すっと立ち上がった。

「参りましょう」

先導する侍女に手を引かれ、クリスタはしずしずと大聖堂へ向かう回廊を進んだ。

ホルガー帝国側が用意してくれた純白のウェディングドレスは、ぴったりとクリスタの身体を包み、メリハリのある女性らしい曲線を美しく強調してくれるデザインだ。ブーケは真紅の薔薇《ばら》。赤と白はホルガー帝国の国色だからだろう。大粒のダイヤを散りばめたティアラは、艶《つや》やかな赤毛を引き立て、レースをふんだんにあしらった豪華なロングヴェールは数メートルにも及ぶ長さだ。ここ数年、さらに国力を増してきたホルガー帝国皇家らしい、豪勢な装いである。

回廊の両脇には、ホルガー帝国の警護の兵士やお付きの侍女たちがずらりと並んで頭を下げている。だが、時折ちらちらとクリスタの様子を窺《うかが》う無礼な態度を取る者も散見された。

ヨッヘム王国側の人間は、祖国を出立する際にクリスタに同行した十数名の侍女たちだけだ。

クリスタはいわば敵地にほとんど一人で送り込まれたようなものだ。おそらく、多くのホルガー帝国の人間は、クリスタに期待しつつも不信感を拭《ぬぐ》えないでいるのだ。

嫁いできたからには、そういうヨッヘム王国に対する反感や偏見を払拭《ふっしょく》していかねばならない。自分に課せられた責任の重さを感じる。

そして、最大の敵はもしかしたら――これから夫となるギルベルト皇帝かもしれないのだ。

大聖堂のどっしりとした観音開きの扉が近づくにつれ、クリスタの緊張感もいやが上にも高まっていく。

「花嫁、クリスタ・ヨッヘム王女殿下の入場です」

扉の前で係の者が声を張り上げ、重々しく扉が左右に開いた。

パイプオルガンによって奏でられる荘厳な祝婚の曲が重々しく響く。

クリスタは一瞬目を閉じ、深呼吸して大聖堂の中に足を踏み入れた。

広い聖堂の客席は招待客たちで埋め尽くされていて、クリスタが姿を現すといっせいに視線が向けられた。

クリスタは緊張した面持ちで、ゆっくりと赤い絨毯《じゅうたん》を敷き詰めた中央通路を進んでいく。

最奥《さいおう》の大きな祭壇の前に、長身の男性がこちらを向いて待ち受けているのが見えた。

ギルベルトだ。

金モールで飾られた純白の礼装、腰に真っ赤なサッシュをキリリと巻き、礼装用の金のサーベルを腰に差し、背筋を伸ばして立っている。

クリスタは一歩一歩近づくにつれ、心臓の高鳴りを抑えられなくなっていった。

なんて美麗な青年に成長したのだろう。

出会った時も背が高かったが、今は百九十センチはあろう。背が高いだけではなく、鍛え上げられた体軀《たいく》は、がっちりと肩幅が広く筋肉質だ。手足はすらりと長く、佇《たたず》まいはとてもエレガントだ。

そして、変わらないサラサラした輝く金髪、日焼けして彫りの深い整った美貌。切れ長の青い目に高い鼻梁《びりょう》、きりりと引き結んだ赤い唇。想像していた以上に素敵な青年になっていた。

思わずうっとり見惚《みほ》れてしまう。そして、赤毛で青白い肌の自分の容姿に少しだけ気後れした。

クリスタが近づいていくと、ギルベルトは生真面目な表情で白手袋に包まれた右手をすっと差し出した。その手に右手を預けようとして、クリスタはかすかに自分の手が震《ふる》えているのに気づいた。

ギルベルトも即座にそれに気がついたようだ。

彼はふっと口元を緩めた。

そして、クリスタにだけ聞こえる声でこう言い放ったのだ。

「気の強いニンジン王女様も、さすがに緊張するようだ」

低く背骨を擦り上げるようなバリトンの声で。

クリスタはかあっと頭に血が上るのを感じた。

よりによって、再会しての第一声が「ニンジン王女」だなんて。

ギルベルトはやっぱりクリスタが嫌いなままなのだ。

屈辱《くつじょく》に唇がわなわなと震える。

ギルベルトは何が面白いのか微笑を浮かべたままだ。

思わずその綺麗《きれい》な顔をひっぱたいてやりたい衝動に駆られたが、なんとか理性が押しとどめた。

両国の命運がかかった、歴史を変える場面だ。台無しにしたくない。

クリスタはツンと顎を反らし、無理やり笑顔を浮かべた。

ヴェールで顔を覆っていたので、屈辱で赤らんだ顔を見られずに済んだ。

大司祭が登場し、婚姻の心得を述べ始める。

しかし、クリスタの頭の中は真っ白になっていた。

ギルベルトに好かれていなかった。

政略結婚であるとわかってはいた。

でも、クリスタは心のどこかで、ほんとうのギルベルトは池で自分を救ってくれた時の優しい誠実な人だと期待していた。そして、クリスタもそんなギルベルトなら好きになれそうだと思っていたのだ。十七歳の無垢《むく》な乙女は、密かにそんな甘い夢を胸に描いていたのだ。

だが現実は甘くなかった。

宿敵同士が政略結婚するだけの話だった。

気落ちしたクリスタは、大司祭の婚姻の誓約の質問にも上の空で答えていた。結婚指輪の交換にもなんの感慨《かんがい》も湧かない。

そして、誓いの口づけの場面になった。

ギルベルトは向かい合ったクリスタの顔を覆うヴェールに手をかけた。

ゆっくりと視界が開けた。

目の前に端整な美貌がある。ギルベルトはまだ微笑を浮かべていた。

クリスタにはその笑いが、クリスタをからかっているように見えた。

ギルベルトの唇が接近してくると、クリスタは思わず言い放っていた。

「これはあくまで政略結婚です。妻としての役目は果たすけれど、心まではあげないわ」

ぴたりとギルベルトの動きが止まる。

彼の青い目がすうっと細くなり、顔つきが凶悪そうになった。

「――わかった」

ギルベルトは低い声で答え、さっと唇を押し付けてきた。

乾いた唇が触れたかと思うと、あっという間に顔が離れた。初めて異性から受ける口づけはなんとも味気のないものであった。

その後も二人は目を合わせず、堅苦しい表情のままだった。

大聖堂での婚姻の儀式が全て終了すると、新婚の皇帝夫妻はそのまま大聖堂前から無蓋《むがい》の六頭立て馬車で首都の大通りをパレードする手はずになっていた。

「行くぞ」

ギルベルトは貼り付けたような笑顔を浮かべたまま、クリスタの手を取って馬車に誘う。

クリスタも作り笑いをしながら彼に手を預けた。

二人が並んで着席すると、馬車はゆっくりと動き出した。

ギルベルトが正面を見据《みす》えたまま言う。

「いいか、あくまでにこやかに振る舞うのだぞ。両国の友好のためだ。仲睦《なかむつ》まじい夫婦を演じることくらい、君にもできるな？」

クリスタも硬い声で答える。

「もちろんです。言われなくてもやりますとも」

沿道を埋め尽くすホルガー帝国の民たちが、いっせいに祝福の歓声を上げた。

「万歳、皇帝陛下！　皇妃殿下！」

「ホルガー帝国に幸あれ！」

「末長くお幸せに！」

人々の祝福の声に、冷えていたクリスタの心も柔《やわ》らかくなる。

そうだ、自分の気持ちより民たちの幸せを考えるのだ。

ギルベルトとクリスタは、にこやかに左右に向かって手を振った。時折、顔を合わせてニッコリする演技までした。

はたから見ると、いかにもお似合いの夫婦に見えるだろう。

ギルベルトが満足げに言う。

「その調子だ。初々《ういうい》しい花嫁っぽいぞ」

クリスタは笑顔を維持しながら答える。

「あら、あなたこそ素敵な旦那様っぽいじゃないですか」

二人は一瞬睨《にら》み合い、再び笑顔になる。

大通りを半ば過ぎたあたりだった。

どこからか、怒声が響いた。

「ヨッヘム王家の人間など、ヨッヘムへ帰れ！」

「にっくきヨッヘム王国を許すな！」

「帰れ帰れ、ヨッヘム王女！」

クリスタはハッと表情を強張《こわば》らせる。ヨッヘム王国に敵意を持つ者たちだろう。ホルガー帝国の人たちの反感を買うこともあるだろうと覚悟はしていた。だがよりによって、結婚式の晴れの場面で罵倒されるなんて。

屈辱に笑顔が崩れそうになる。

その瞬間、すっくとギルベルトが立ち上がった。

「今声を上げた者を逮捕せよ！」

馬車を取り巻いていた帝国騎馬隊の兵士たちが、さっと群衆の中に入っていく。すぐに、罵声《ばせい》を上げた男たちは捕縛された。

この騒動に群衆は一時静まり返った。

クリスタも驚いてギルベルトを見上げた。

ギルベルトは仁王立ちになり、馬車から周囲を見回した。

彼の顔は威厳に満ちて、端整なだけにぞくりとするほどの迫力があった。

「我が妻を侮辱する者は、極刑に処すぞ！」

彼の朗々とした声は、通りの隅々まで響き渡った。

群衆はしーんとしてギルベルトの声に聞き入っている。

クリスタは唖然としてギルベルトを見つめる。

演技にしても真に迫っていて驚いた。

さっと腰を下ろしたギルベルトは、素早くクリスタの腰に手を回し、引き寄せた。

「あ……」

しっとりと唇が重なる。クリスタは思わず目を閉じた。

わずかに唇を離したギルベルトがささやく。

「そら、仲睦まじい二人を演じるんだ」

そう言うや、再び唇が重なった。

「ん……」

クリスタは息を詰めて口づけを受け入れた。長い長い口づけだった。ギルベルトの熱っぽい唇がクリスタの唇を撫《な》で回し、ちゅっちゅっと軽く吸い上げてくる。

その擽ったくも甘美な感触に、クリスタは呼吸をするのも忘れていた。頭がぼんやりと霞《かす》んでしまう。

と、おもむろにぬるっと唇を舐《な》められた。

「ぁ」

不意を衝《つ》かれて思わず声を上げると、唇の隙間からギルベルトの舌がするりと忍び込んできた。

濡れた熱い舌がちろちろとクリスタの歯列を辿《たど》り、口蓋《こうがい》を舐め回してくる。

無垢なクリスタは、こんな口づけがあるなんて知りもしなかった。狼狽《うろた》えて身を強張らせる。

ギルベルトの舌は、そのまま怯《おび》えて縮こまっているクリスタの舌を探る。そしてそのまま

舌を搦《から》め捕《と》り、強く吸い上げてきた。

刹那《せつな》、甘い痺《しび》れが背中を走り抜けた。

「んんっ、んぅっ」

未知の感覚に驚き逃れようとすると、ギルベルトの片手がクリスタの後頭部を抱えて押さえ込み、そのままさらに舌を繰り返し吸い上げてくる。

「んゃ、や……ぁ、あ、いゃぁ」

甘美な痺れは次第に心地よさに取って代わり、クリスタはくぐもった声を上げた。

脈動が速まり全身が熱くなり、四肢から力が抜けていく。

「……は、ぁ、あ、ぁ……」

くちゅくちゅと淫らな音を立てて舌が擦れ合うと、さらに気持ちよくなってしまい、もう逆らう気持ちは霧散していた。

延々と続く情熱的な口づけに、もう何も考えられない。クリスタは意識が朦朧《もうろう》としてなすがままになった。

群衆は、美しき皇帝夫妻の熱い口づけに魅了され声を失っていた。どう見ても幸せそのものの二人の姿は、感動を呼んだようだ。

突如、地を揺るがすような歓声が沸き起こる。

「若き皇帝夫妻に幸あれ！」

「万歳！　皇帝陛下、皇妃殿下万歳！」

「おめでとうございます！」

「末長くお幸せに！」

クリスタの舌を存分に堪能したギルベルトは、ようやく唇を解放してくれた。

「あ……」

クリスタはとろんと蕩《とろ》けた眼差しでギルベルトを見上げる。ギルベルトの青い瞳も悩ましげに濡れているように見えた。

こんな口づけをされたら、もしかしたら好意を持たれているのかと勘違いしそうだ。いや、少しはそういう気持ちもあるのかもしれない。クリスタの胸が甘く高鳴る。

だがそう思った直後、ギルベルトは歓声に応えて周囲に手を振りながら、満足げにつぶやいた。

「どうだ。このキスで、民たちは完全に私たちが仲睦まじい夫婦であると認識しただろう」

彼はしてやったりという笑顔で、クリスタを振り返った。

「あ」

そういうことか。

両国が真の友好関係を結んだのだと印象付けるために、ギルベルトは敢《あ》えて衆人環視の中で情熱的な口づけを見せつけたのだ。

みるみるクリスタの甘い気持ちが冷めていく。

「そのようね。さすがに才気《さいき》煥発《かんぱつ》な皇帝陛下。何もかも計画通りというわけね」

硬い口調で応えた。

「――」

ギルベルトの表情が一瞬強張る。だがすぐに、貼り付いたような笑みを浮かべた。

「――君の立場を慮《おもんぱか》っての行動だ」

クリスタもにこやかな笑顔を作る。

「ご配慮痛み入ります。でも、この国の民たちの反感を買うだろうということくらい、覚悟の上で嫁いできましたから」

「君一人では立ち向かえぬかもしれないだろう」

「それほど弱虫ではありません。これでも誉れあるヨッヘム王国の王女だったのですから」

「意地を張るのは、可愛《かわい》くないぞ。夫たる私がこれからは君を守ってやる」

「上から目線な態度は迷惑です」

「なんだと？　生意気な」

「お気に召さなかったら、離縁されたらよろしくてよ」

「そういうわけにいくか。この結婚は両国にとって歴史的なものなんだぞ。私たちはよき夫婦になる義務があるんだ」

「無論、承知しております。義務なら努力を怠《おこた》りません」

「ああそうしてくれ」

「言われなくてもしますとも」

二人はニコニコしながら、険悪な会話を続けた。

二人の小声は歓声にかき消され、互いにしか聞こえない。

傍目《はため》には、いかにも幸せそうな新婚夫婦が甘い内緒話をしているようにしか見えないだろう。

大通りをひと回りした結婚パレードの列は、そのまま首都の外れの皇城へ向かって進んだ。

小高い丘の上に、灰色の城塞に囲まれた城が見えてくる。

「まあ……なんて堅牢なお城なの」

クリスタは思わず声を上げてしまう。石造りの天井が分厚い壁に支られている、華美ではないが重厚な城だ。質実剛健、という言葉がぴったりだ。

ヨッヘム王国の城は、尖塔《せんとう》に囲まれアーチ状の高い天井と大きな窓と大理石の壁に装飾的な彫り物が施された、美的外観を重視した造りだった。

城の造りだけでもこんなにも違うのだ。これまで、自国しか知らなかったクリスタは、異国でのこれからの生活に身が引きしまる気がした。

クリスタが物珍しそうに近づいてくる城を見上げているのを見て、ギルベルトが口を開いた。

「君の祖国の白亜の城に比べると、地味かもしれないな」

クリスタは彼の真面目な口ぶりに、自分も素直に答えた。

「そうね。でもとても頑丈そうだわ。戦向きに造られているのですね」

「まあそうだな。ホルガー帝国は大陸一の強大な軍隊を有しているからな。正直、君の国のおもちゃみたいなお城など、半刻で落としてしまえるぞ。その点、この城なら世界一安全だ」

自分の国を引き合いに出され、クリスタはムッとしてしまう。顔を背《そむ》けてツンとして言う。

「そもそも、戦争を好むなどひと昔前の野蛮な支配者の考えです。今は、平和的外交の時代ですわ」

今度はギルベルトが、途端に不機嫌そうになる。

「野蛮とは、私のことか？」

「さあ、どうでしょう？」

クリスタはしれっと応えた。

「夫と話す時にはこちらを向け」

「私は今、世界一頑丈だというお城を観察してるのですわ」

再び二人の間の空気が険悪になりかけた時、馬車は城の正門前に到着した。

門前には、この国の重臣らしき人々が礼装姿でずらりと並んで出迎えていた。

一人の片眼鏡の男が、するすると前に進み出た。皇帝付きの臣下の一人だろう。

「皇帝陛下、皇妃陛下、ご成婚おめでとうございます。一同、心よりお祝い申し上げます」

「うん、アントン。出迎えご苦労」

ギルベルトはそう言いながら一人で馬車を降りてしまった。彼は腰に差した礼装用のサーベルをアントンという男に手渡し、クリスタに素っ気なく声をかけた。

「では、私は執務に戻る。皇妃殿はお疲れだ。まずは貴賓室で休憩するとよかろう」

「え？」

クリスタは戸惑《とまど》う。結婚しても、結局自分は客人扱いなのか。さらに、結婚式当日に仕事をすると言うのか？

アントン始め、その場に居並んだ臣下たちも目を丸くする。

アントンが遠慮がちに声をかける。

「陛下、ご成婚より七日間は蜜月期間として、皇妃様とゆったりお過ごしになられる習わしのはずですが？」

「執務は晩餐《ばんさん》までだ。皇妃殿も、私とべったりしたくはないようだしな」

ギルベルトはちらりとクリスタに目をやり、すぐに前に向き直った。そのまま、さっさと城内へ入ってしまう。

アントンが慌《あわ》ててその後を追った。

「……」

残されたクリスタは呆然《ぼうぜん》とその背中を見送る。

居並ぶ臣下たちは居心地悪そうな顔でクリスタを見た。同情とわずかな蔑《さげす》みの混じった目線に、クリスタはハッとして気を取り直した。もう自分はこの国の皇妃なのだ。しっかりしなければ。

「とりあえず、休憩いたします。私付きの侍女たちはおりますか？」

「ここに控えております」

揃いの紺色の制服を着た侍女たちの一団が、素早く前に進み出る。ヨッヘム王国から同伴を許されたのはごくわずかな侍女のみで、ほとんどはホルガー帝国側の侍女たちだ。

「では、貴賓室で休憩します。着替えとお茶の用意をお願いします」

クリスタは威厳のある声で命令した。

内心憧れもあったギルベルトの意地悪い態度に失望しながらも、このくらいは覚悟の上だったのだから、と強く自分に言い聞かせた。

取り敢えず城内の貴賓室へ通されたクリスタは、デイドレスに着替えた。

ホルガー帝国の侍女たちは無礼な態度こそないものの、よそよそしさは拭えない。敵国から嫁いできたクリスタに不信感を持っているようだ。大歓迎されるとは思っていなかったが、夫であるギルベルトからも素っ気なくされ、侍女たちからも一線を引かれて孤独感が募る。

アデルという初老の侍女長がワゴンに茶器を乗せて運んできた。

「皇妃様、お茶をどうぞ」

紅茶の芳《かぐわ》しい香りに、クリスタはホッと気持ちが安らいだ。

「いただきましょう」

席に着いて、差し出されたカップを見ると見慣れない蓋《ふた》が被せてある。

蓋を取ると、カップの中の湯には直に茶葉が入っていた。

「――」

自国では茶葉は茶漉《ちゃこ》しで漉して飲んでいたので、クリスタは戸惑う。これはどのように飲むのだろう。アデル始め、背後に控えている侍女たちがじっとこちらを見ている。

クリスタは仕方なくカップを手にし、ひと口飲もうとしたが、大量の茶葉が口の中に入ってしまう。クリスタは困惑《こんわく》しながら、茶葉ごと飲み込んだ。

「ごほっ」

むせてしまうと、アデルが硬い声で言う。

「皇妃様、この国ではお茶はカップに蓋を被せたまま、ずらして飲むのですよ。それとも、ヨッヘム王国では茶葉もお召し上がりになるのでしょうか」

クリスタは彼女の慇懃《いんぎん》無礼《ぶれい》な口調に、思わず顔を上げる。うつむいて控えている他の侍女たちが、笑いをこらえているのがわかった。

クリスタは顔から火が出そうだった。

彼女たちはクリスタを試し、内心で無知を嘲笑《あざわら》っているのだ。

震える手でカップを置いた。ここでめげてはならない。

唇を嚙みしめ、大きく息を吸う。

「ごちそう様。少し城内を歩きたいわ。案内を頼みます」

何事もなかったような顔で立ち上がった。


「陛下、式を挙げた直後に花嫁をお一人にするなど、もってのほかですぞ」

皇帝の執務室で、侍従長のアントンが呆《あき》れ顔で言った。

執務室の机の端に腰を据えたギルベルトは、うなだれている。

「わかっている、言うなアントン」

ギルベルトは苦渋に満ちた声で答えた。

「いいえ、言いますとも。陛下、積年の想いをやっと叶えたのでございましょう？」

ギルベルトが幼少の頃から仕えているアントンは、皇帝ギルベルトに忌憚《きたん》なくものを言える数少ない人物の一人だ。

ギルベルトは耳朶《じだ》が熱くなるのを感じた。

「その通りだ。私はこの日を、指折り数えて待っていたんだ」

アントンが大きくうなずく。

「でしたら、もっとクリスタ様と昵懇《じっこん》になるべきでしょう？」

ギルベルトは顔を上げる。

「だが、彼女は私を嫌っている」

頭ではわかっていたが言葉にすると、胸がずきりと痛んだ。

「宿敵ホルガー帝国に、彼女は政略結婚でしぶしぶ嫁いできたのだぞ。昵懇になど、どうしたらなれるというのだ？」

それまで厳しい顔をしていたアントンは不意に表情を和らげた。

「それは、陛下の手腕次第ですよ」

「手腕だと？　私は女性の扱《あつか》いには慣れていない」

「でも、ずっとクリスタ様に好意を持たれてきたのでしょう？」

「──そうだ」

「では、その気持ちを真摯にクリスタ様にぶつけるべきでしょう」

「──だが、もし拒否されたら、私は立ち直れぬ」

弱音を吐いてしまい、顔が赤らむのを感じた。

飛ぶ鳥を落とす勢いの勇猛で才気に溢《あふ》れた若き皇帝陛下——そう謳《うた》われ、自分でも自信満々だった。

だが——こと恋愛に関しては、まるで初心《うぶ》な少年のようだ。

ギルベルトは自嘲《じちょう》気味に口元を引き攣《つ》らせた。

そうだ——ずっとクリスタが好きだった。

十一年前に初めて出会った時から。

ホルガー帝家とヨッヘム王家が、中立地帯の離宮で友好のための会談の場を持ったあの日から。

——会談の前、少年のギルベルトは緊張感をほぐそうと、離宮の中庭をそぞろ歩いていた。

奥の池の傍《そば》で、何か輝く大輪の赤い花のようなものが見えた。

近づくと、燃えるような赤い髪の少女が池の淵《ふち》に佇んでいた。遠目にも、ハッとするほどの美少女だとわかる。

透き通るような白い肌に艶やかな赤毛がよく映えて、花の妖精のようだ。

ギルベルトは心臓が高鳴るのを感じた。

おそらくヨッヘム王家関係の少女だろう。それまでギルベルトは、家庭教師や臣下たちからヨッヘム王国は、卑劣でずる賢い人間ばかりだと教え込まれていた。だから、今日の会談には戦いに臨むような気持ちでいたのだ。

だが、今目の前にいる少女は清楚で無垢で汚れひとつないように思えた。彼女は無邪気な表情で、池の小魚を手で追っている。

声をかけようか。

そう思っているうちに、突然少女は池に落ちてしまった。

ギルベルトはとっさに飛び出して、少女を救い上げた。

抱き上げると羽のように軽く華奢《きゃしゃ》で、もろいガラス細工の人形のようだった。

彼女の背中を撫でて優しい言葉をかける。少女は潤んだ瞳でギルベルトを見上げてきた。

水晶玉のように透明な瞳に吸い込まれそうだ。

もっと話をしたかったのに、会談の時間になりアントンに呼ばれてしまった。

会談には、幼いためかあの少女は姿を見せなかった。心残りで、どうにかもう一度少女と話をしたいと思った。だから、晩餐会にクリスタが登場した時には、胸が踊った。

向かいの席に座ったクリスタに、なんとか話のきっかけを作りたくて話しかけたのだが、彼女は素っ気ない態度を崩さない。仇《かたき》の国の皇太子とは口もききたくないのだろうか。次第に焦《じ》れてきたギルベルトは、ついクリスタの特徴的な赤毛をからかうような発言をしてしまったのだ。

結果、クリスタを激怒させ晩餐会は台無しになってしまった。

ギルベルトは自分の失言を後悔した。

だから、帰り際に謝罪しようとクリスタのもとを訪《おとず》れた。

母の形見の指輪を譲ろうとした。クリスタの表情が少し和らいだので、ホッとしてうっかり口にした言葉が彼女の逆鱗に触れてしまったようだ。

突然クリスタは怒り出し、大事な指輪を放り投げた。さすがにギルベルトもかっとして、心にもない暴言を吐いてしまう。

幼い二人の仲は決裂した。

考えの足りない少年だったと後で悔やんだ。

その後、ヨッヘム王家と交流する機会は失われ、ギルベルトの心の中に甘酸っぱい失恋の傷だけが残った。

十一年の間、皇太子から皇帝へとギルベルトの人生は大きく転換していくが、胸の奥にはいつもクリスタの面影が宿っていた。

ヨッヘム王国に忍ばせた間諜《かんちょう》から、王家の動向やクリスタの情報は常に得ていた。クリスタが匂い立つような美しい乙女に成長していることも知っていた。会えない分、彼女への思慕は年々膨らんでいく。このままクリスタが年頃になっては、ヨッヘム王国の他の男性にかすめ取られてしまうだろう。事実、遠い血縁の男性との婚約話も持ち上がっていたようだ。

ギルベルトはヨッヘム王家に繰り返しクリスタを貰い受けたいと打診を続けた。時代は変わり、もはや国力を戦争で競う時代ではない。大国は手を取り合い、世界を導いていかねばならないとギルベルトは思っていた。だから、この政略結婚は両国にとって必要不可欠だと信じていた。愛する人を妻にし、国際情勢の安定まで見込めるのだ。最高の結婚ではないか。

ヨッヘム国王が数年前から病床の身で、後継の王太子はまだ年若いのもわかっていた。国力が低下したヨッヘム王国側がこの婚姻を受け入れるだろうと踏んでいた。そして、ようやくヨッヘム王国側から、承諾の返事が来た。

ギルベルトは歓喜して踊り出したいほどだった。

ついに、意中の王女を手に入れたのだ。

胸を膨らませてクリスタを自国に迎え入れた。

最高級のウェディングドレスと結婚指輪を用意し、ホルガー帝国史上最も豪華な結婚式を催す手配を整えた。

けれど――クリスタは、幼年時代からの恨みを忘れていないのか、あからさまにこちらに敵意を持っていた。ギルベルトが彼女の気持ちを和ませようと軽口を叩くと、余計に態度が頑なになってしまった。

結婚式は冷ややかな雰囲気で終わってしまい、ギルベルトは内心ひどくがっかりしていた。

なんとか、クリスタの心を開かせたいと焦《あせ》れば焦るほど、彼女に対して失言を繰り返してしまう。

なぜなら、ギルベルトはクリスタ一筋で、他の女性に見向きもしてこなかったからだ。文武両道で励んできたが、女性との接し方は学んでこなかった。

大国ホルガー帝国を統べる才気煥発な若き皇帝は、好きな女性に対してはどう接していいかわからず混乱するばかりだった。


「ちょっと――クリスタのご機嫌を伺《うかが》いに行こうかな」

執務室でギルベルトが小声でつぶやくと、アントンがすかさず答えた。

「行ってらっしゃいませ陛下。年若い王女が単身でいわば敵地に嫁いできたのですよ。どうか、皇妃様に優しくして差し上げてください。蜜月期間の執務は、お休みください。陛下が真摯に皇妃様に向き合われれば、皇妃様もお心を開いてくださるはずです」

侍従長の心強い言葉に、ギルベルトは勇気を貰う。

「わかった、アントン。あとは頼んだ」

そう言い置くと、急ぎ足で執務室を出た。


「誰か？　誰かいませんか？」

広大な城内の片隅で、クリスタは迷子になっていた。

ついさっきまで、アデルたちに導かれ、城内を散策していたのに。回廊の曲がり角を曲がって、ふっと振り返ると、忽然《こつぜん》と侍女たちの姿が消えていたのだ。

元来た道順を辿ろうとして、間違った方向へ行ってしまったらしい。どうもまた侍女たちにいやがらせをされたようだ。大らかな性格のクリスタは、こういう細かい意地悪にいちいち腹は立たないが、うっとうしいとは思う。これからもホルガー帝国の人たちから、こういう扱いをされるのだろうか。

「もう……」

クリスタは回廊の途中に設置されたベンチに腰を下ろし、ため息をついた。

結婚初日から、こんな情けない気持ちになるなんて。

「お父様、お姉様、フランツ……皆元気かしら」

祖国に逃げ帰りたい気持ちに駆られるが、この政略結婚にヨッヘム王国側は多大な期待を寄せているのだ。祖国のために耐えねばならない。

でも、寂《さび》しい、悲しい。

恋や結婚について甘い夢を描いていた十七歳の乙女には辛《つら》すぎる。

目にじんわりと涙が浮かんでくる。

その時だ。

「皇妃、皇妃！　どこにいる、皇妃！」

回廊中に朗々と響く艶めいたバリトンの声。

「陛下？」

思わず答えると、回廊の向こうの角からものすごい勢いでギルベルトが走ってくる姿が見えた。仕事をすると言っていたが、彼は結婚式の礼装姿のままだった。

「ああ皇妃、そこにいたのか！」

安堵《あんど》したような声を出し、白皙《はくせき》の美貌は真摯にまっすぐこちらを見据えていた。

ベンチまで駆けてきた彼は、クリスタの目の前で立ち止まるとはあはあと息を喘《あえ》がせた。

その姿は、十一年前、出立の前にクリスタに会いに来たギルベルトの姿と重なった。この人は、いつも全力でクリスタのもとに駆けつけてくる——胸の奥がきゅんと甘く疼く。

だが彼の口から飛び出したのは、非難の言葉だった。

「君、まだ城内などろくに把握していないのに、なんで一人で出歩くんだ。危険じゃないか、君はもう皇妃なんだぞ」

クリスタはカチンときて言い返した。

「侍女たちとはぐれてしまったのよ」

「何？」

ギルベルトの顔色が変わった。

彼は周囲を見回し、大声を出した。

「誰ぞいるか⁉　侍女長は何をしているっ」

直後、廊下の向こうや回廊の柱の陰から、アデル始め狼狽《ろうばい》しきったクリスタ付きの侍女たちがわらわらと姿を現す。どうやら、物陰に潜《ひそ》んでクリスタの様子を窺っていたようだ。さすがに、皇妃となったクリスタを放置しておくことまではできなかったようだ。

ギルベルトは集まった侍女たちをぎろりと鋭い眼差しで睨んだ。

「お前たち、皇妃付きの侍女として選び抜かれた者ばかりであろう？　なぜこのような粗相をする。全員、罰してほしいのか？」

びりびりとその場の空気が震えるような威厳のある声に、侍女たちは真っ青になった。クリスタも、ギルベルトのその態度に目を見張る。もしかしたら、クリスタのことを気にして戻ってきてくれたのだろうか。

震えながらアデルが前に進み出た。

「恐れながら陛下、全ての責任は侍女長である私にあります。どうか、罰するのなら私一人をお願いします」

ギルベルトは怒りを押し殺した顔で言う。

「アデル、お前は亡き母上の代から有能な侍女だった。だからこそ、皇妃付きの侍女長に抜擢したのだ。私の見る目がなかったのか？」

アデルはギルベルトの言葉に恐れ慄《おのの》き、今にもその場に倒れそうだ。

ヨッヘム王家の男子は、父王始め皆おっとりした性格の人ばかりで、人前で怒りをあらわにするたちではなかった。このように厳しく誰かを叱責《しっせき》するギルベルトの姿は新鮮だった。何より、クリスタのために怒ってくれていることに心動かされる。彼が自国の侍女の肩を持たないことから、公平な人間であると感じた。

クリスタは思わず口を出した。

「陛下、私がお城の中を散策したいと言い出したのです。侍女たちともまだなじんでもいないのに、勝手な行動をした私のせいですから、どうか彼女たちを責めないでください」

アデルがハッと顔を上げてこちらを見た。

クリスタは慈愛に満ちた笑みを浮かべる。

「時間はいくらでもあるわ。お互い、ゆっくりと知り合っていきましょう。私はこの国の慣習もしきたりも何も知りません。あなたたちに教わることはたくさんあります」

アデルが感に堪《た》えないといった表情になり、深々と頭を下げた。

「皇妃様、寛大なお言葉痛み入ります。今後はこのような粗相のないよう、皆に徹底いたします」

他の侍女たちもいっせいに頭を下げる。

「そうしてもらえると、助かるわ」

クリスタは鷹揚に答えた。

横槍を入れられた形になったギルベルトは、唇を尖《とが》らせてぼそりとつぶやく。

「なんだ、ツンケンしていると思っていたが、優しい態度も取れるのだな」

クリスタはぴくりと耳をそばだてる。

「陛下におかれましても、お口添えしていただき感謝の念に堪えません」

馬鹿丁寧に礼を言う。

ギルベルトはむすっと答えた。

「君に何かあったら、両国の友好条約が台無しになるからな。私の沽券《こけん》にも関わる。勝手な行動は慎みたまえ」

そう言われ、クリスタのためではなく自分の見栄のために怒ったのかと、がっかりする。

「そのような無謀なことはいたしません。これでも、皇妃の自覚はございますから」

「そうだといいがな？」

二人はムッとして睨み合う。

アデルが取り成すように口を挟んだ。

「あ、あの——陛下、皇妃様、そろそろ晩餐のお時間でございますよ。お支度をなさって、食堂へおいでくださいませ。お二人の積もる話はそのときにでも——」

二人はハッと目線を逸らす。

「わ、わかったわ、ナイトドレスに着替えます」

「う、うむ。私も着替えてこよう」

ギルベルトは気まずそうにそそくさと回廊の向こうへ姿を消した。

クリスタは彼の背中を見送りながら、物悲しい気持ちになる。

颯爽と現れて侍女たちを叱責してくれたときには、なんて頼り甲斐《がい》があるのだろうと一瞬思ったのだが、それは勘違いで、ギルベルトにとって大事なのは友好条約のことだけなのだ。

晩餐は皇帝家専用の大食堂で二人きりでとった。

王家で何不自由なく育ったクリスタですら味わったことのない、山海の珍味やごちそうがこれでもかというほど出された。が、向かいに座ったギルベルトが不機嫌そうに押し黙っているので、勢い、クリスタの食欲もなくなってしまう。今まで、大勢の家族に囲まれて会話を楽しみながら食事をしてきたクリスタには、こんな沈黙の中で食事をした経験がなく、気が重い。

そこで、食後のコーヒーを飲みながら、つい言ってしまった。

「陛下、私に何か言いたいことがあるのなら、遠慮なく言ってください」

コーヒーカップを見つめていたギルベルトが、ぱっと顔を上げる。顔がほんのり赤らんでいる。

「ああ、すまない。考え事をしていた」

「どうせ、私のことは忘れていたのでしょう?」

ギルベルトの目元がさらに赤くなる。

「どうしてそう決めつけるような言い方をするのだ？」

「だって──陛下が興味がおありなのは、政治のことだけでしょう」

「だから、君は私の心が読めるとでもいうのか？」

「推測くらいできます。政略結婚をして、私の役目は終わったのですから」

がちゃん、と音を立ててギルベルトがコーヒーカップを置いた。

「終わるどころか──これからだ」

「……え」

「私はずっと君のことばかり考えていた」

「え？」

「君はお忘れのようだが、この後、大事な行事が待っているのだぞ」

「え──」

ギルベルトが軽く咳払《せきばら》いした。

「初夜のいとなみだ」

羞恥にかあっとクリスタの全身が熱くなった。

「な……」

「今夜、ほんとうに夫婦になるのだぞ」

心臓がドキドキ早鐘を打つ。

その通りだ。

結婚式からずっとゴタゴタしていて、すっかり失念していた。

男女が結婚するということは、そういうことをするということだ。

嫁ぐ前に、王家の家庭教師から夫婦の心得は少しだけ学んでいた。だが、ギルベルトとベッドの中であんなことやこんなことをするなんて、処女のクリスタには想像もできなかったのだ。

クリスタは顔から火が出そうだった。

「そ、それは……陛下にお任せ、します」

うつむいて消え入りそうな声で答える。

急にギルベルトも勢いを失う。

「そ、そうか」

「は、はい……わ、私、初めてですから」

「——そうか」

ギルベルトの声量が一段と落ちた。

二人はしばらく無言でコーヒーを飲んでいた。

今までの沈黙とは、明らかに空気が違う。

擽《くすぐ》ったく恥ずかしく甘い雰囲気が二人を包んでいた。

晩餐後、クリスタは侍女たちに浴室で蜂蜜の匂いのする石鹸《せっけん》をふんだんに使って、丁寧に全身を洗われた。髪の毛を梳《くしけず》られ、その後、全身にいい香りのするクリームを塗り込まれ、肌がすべすべになった。軽くとろりとした絹の部屋着を着せられ、襟元にレースのついた薄いガウンをその上から羽織った。

「では、陛下の寝所へご案内します」

手に燭台《しょくだい》を持ったアデルが、クリスタの手を引いた。

灯《あか》りを落とした廊下を進みながら、クリスタは口から心臓が飛び出しそうなほどドキドキしていた。

長年敵対してきた国の王女と皇帝の夫婦で、はたして睦み合いができるのだろうか。

何をされるのだろう。痛いのか、苦しいのか。

でも、子を成す大事な行為なので、皇妃としてどんなことでも受け入れねばならない。

足が震えてきた。

「ちょ、ちょっと、待ってアデル。気持ちを落ち着けるから」

クリスタは立ち止まり、深呼吸を繰り返した。

その様子を、アデルが微笑ましげに見た。ギルベルトに一喝された時に、クリスタがアデルを庇ったことで感銘を受け、クリスタに対する印象が変わったようだ。

「恐れながら皇妃様。何も心配ございません。陛下は政《まつりごと》や規律には厳しいお方ですが、決して非道なお方ではございません」

「そ、そう、なの？」

「はい、思慮深く思いやりのある方です」

その口調に、ギルベルトに対する深い尊敬の念が感じられ、クリスタは胸を打たれた。

皇帝としてのギルベルトは、国民から絶大の信頼と支持を得ていると聞いている。

確かにこれまでのことを思い出してみると、敵国から嫁いできたクリスタに対し、理不尽な言動はいっさいいなかった。ただ、意地が悪いけれど。

これは皇妃としての義務だ——そう自分に言い聞かす。

「もう、大丈夫よ」

クリスタは意を決して歩き出す。


「いいですか、あくまで優しく、壊れ物を扱うように触れるのです」

皇帝の寝所では、アントンがしきりにギルベルトに助言をしていた。

湯浴みを済ませ、ガウンを纏《まと》っただけのギルベルトはベッドに浅く腰掛け、緊張を隠せない。

「わ、わかった、優しく、だな」

「そうです。それでなくとも、初めては女性には苦痛を強いることが多いのです。闇雲に、ご自分の欲望だけを押し付けては、後々まで相手の心に傷を残します」

「わかった」

ギルベルトはこれまで書物などで得た閨《ねや》での行為の知識を総動員する。だが、実際にそれを行うとなると、戸惑うばかりだ。

こんなことなら、好きでない女性とでもベッドで練習しておくべきだったか？　いや、そんなことは無垢なクリスタに対する冒涜《ぼうとく》だ。この大事な日をどれほど待ちわびただろう。手探りでも、試すしかない。

コツコツと寝室の扉がノックされる。侍女のアデルの声がした。

「陛下――皇妃様のお着きです」

アントンがぱっと寝室の奥の扉に向かった。

「では私はこれで失礼します。陛下、ご武運を祈っています」

まるで戦場に向かうような言葉を投げられ、ギルベルトの緊張はさらに高まった。だが、ここは男らしく覚悟を決めよう。ギルベルトは大きく深呼吸した。

「入れ」

「どうぞ、皇妃様」

アデルが寝室の扉を開き、クリスタを促した。

クリスタは足音を忍ばせて、寝室の中に入る。背後で静かに扉が閉まった。

「……」

広々とした寝室には、暖炉の炎とベッドの傍の燭台の灯りだけがともっている。

部屋の奥に鎮座している天蓋付き四柱のどっしりとしたベッドの端に、ガウン姿のギルベルトが座っていた。

湯上がりなのか、結婚式の時は後ろに撫で付けていた前髪が額にかかり、ずっと年若く見えた。端整な横顔は完璧に美しく、クリスタは心臓がドキドキするのを感じた。

でも、それ以上に初夜への緊張が強まり、その場に立ち竦《すく》んでしまう。ギルベルトがこちらに顔を振り向ける。なんだか怒っているみたいに強張った表情だ。

「おいで」

低い声で呼ばれ、びくりと身が竦む。一歩も進めない。

すると、ギルベルトがほうっとため息をついた。そして、わずかに微笑んだ。

「とって食おうというわけではない。さあ、おいで」

男性である彼には、初夜でガチガチになっているクリスタの様子が面白いのかもしれない。

だから笑っているのだろう。臆していると思われたくない。

唇を噛みしめ勇気を振り絞り、ギルベルトの前まで歩いていく。

ギルベルトがじっと見上げてくる。その熱い視線に、クリスタは鷹に射竦められたように身動きできない。

そろりとギルベルトの手が伸びて、クリスタの頬に触れた。ひんやりとした指の感触に、なぜか体温が上昇するような気がした。

「横に座って」

ギルベルトが自分の腰をずらして、脇を空《あ》けた。クリスタはおずおずと彼の横に腰を下ろした。わずかに肩と肩が触れた。

ギルベルトは素肌にガウン一枚を羽織っているようで、彼の体温と筋肉の感触がありありと伝わってくる。

ギルベルトが軽く咳払いして、少し掠《かす》れた声で名を呼ぶ。

「クリスタ」

この国に嫁いできてから、初めて名前を呼ばれた。その響きに、身体の奥がじわりと熱くなるのを感じる。

そっと肩を抱かれ、引き寄せられた。

「あ……」

ギルベルトの美麗な顔が寄せられてくる。思わず目を閉じる。唇が触れ合う。

ギルベルトの唇は、探るようにクリスタの唇から頬、こめかみ、額を辿る。その柔らかな感触に、背中がぞくっと震えた。

再び唇が塞がれる。パレードの馬車の中での情熱的な口づけを思い出し、総身が慄いた。

ギルベルトは撫でるような口づけを繰り返し、最後に舌先でそっとクリスタの唇をつつく。

「ん……ん」

うっすら唇を開けると、するりとギルベルトの濡れた舌が侵入してくる。おそるおそる、彼の舌を探ってみる。と、やにわに食いつかれるように舌を吸い上げられた。

「んぅ、うぅんんぅ」

息ができずに、思わず鼻にかかった声を上げてしまう。

すると、そのままギルベルトがのしかかってきて、ベッドの上に押し倒されてしまった。

「ふぁ、あ、あ、ぅぁぁん」

喉の奥までギルベルトの分厚い舌が入り込み、クリスタの口中を蹂躙《じゅうりん》してくる。ぐちゅぐちゅと唾液《だえき》が混じり合う卑猥《ひわい》な水音がし、クリスタは息が詰まり頭がぼんやりしてくる。

「く、くるし……」

窒息しそうなのに、下腹部の芯に妖しい痺れが走る気がした。

深い口づけを繰り返しながら、ギルベルトの大きな手が性急にクリスタの身体を撫で回してくる。そして、まろやかな胸を力任せに鷲掴みされ、激痛が走った。

「痛っ、いやぁ」

悲鳴を上げると、ギルベルトがハッとしたように手を離した。同時に彼は身を起こした。

クリスタは、はあはあと息を乱しながら、怯えた目でギルベルトを見上げる。

「痛かったか？」

動揺しているような顔だ。クリスタに拒絶されるとは思っていなかったのかもしれない。

クリスタも狼狽していたが、これは皇妃としての務めだ。子を成す義務がある。痛いのも苦しいのも、我慢すべきなのだ。そう思い直した。

クリスタは上半身を起こすと、ガウンの紐を解いて床に落とし、寝間着の前釦《まえボタン》を外してこれも床に脱ぎ落とした。

ギルベルトが目を丸くして見ている。

生まれたままの姿を異性に晒《さら》すのは、死ぬほど恥ずかしかったが、義務ならさっさと終わらせてしまおうと覚悟を決めたのだ。

クリスタはベッドに仰向《あおむ》けに横たわり、両手で顔を覆った。

「さあ、陛下」

「――」

「お好きになさってください」

「――」

「私、抵抗などしません。立派に初夜の義務を遂行いたします。さあ、陛下、いざ！」

「——いざって——戦争ではないのだから」

ギルベルトが小声でつぶやく。彼がベッドの上で居住まいを正す気配がした。

「クリスタ、目を開けて私を見てくれ」

これまで聞いたこともない優しい口調に、クリスタはそろそろと顔を隠していた両手を下ろした。

ギルベルトがまっすぐ見下ろしてくる。澄んだ青い目は真剣そのものだ。

「乱暴にして悪かった」

素直に謝られて、心臓がトクン、と跳ね上がった。

「優しく触れるから」

「……」

「義務などと、色気のないことを言うな。睦み合いは、仕事ではない」

「……」

「男女の契《ちぎ》りは、互いに何もかも曝《さら》け出して与え合い許すことだ。それは、とても心地よいものだという」

「……」

「君は心はやらぬと私に言った」

「それは……」

「気持ちはわかる。敵国同士だったのだからな。だが、こうして夫婦になったのだ」

「陛下……」

「まずは、身体からわかり合わぬか？」

「陛下」

「私も全てを見せよう、クリスタ」

ギルベルトがゆっくりとガウンを脱いだ。

引きしまった男らしい裸体が現れる。異性の裸を見たのは生まれて初めてで、その隙のない美しい造形に息が止まりそうになる。

「っ――」

思わずうっとり見惚れてしまうが、視線が彼の下腹部に落ちると、そこにそそり勃《た》つ禍々《まがまが》しいほど巨大な欲望に、驚愕《きょうがく》した。

「う、わ、お、大きい」

クリスタの視線を追ったギルベルトが、自分の屹立《きつりつ》を軽く握り、薄く笑う。

「大きいか？」

クリスタはこくんとうなずく。

「これを、君の中に受け入れてもらうんだ」

クリスタは背中にいやな汗が流れるのを感じた。自分の慎ましい性器の中に、あんな極太なものを受け入れる？

「む、無理……むり、むり、むり、です」

さっきまでの決意はどこへやら、恐怖でぶんぶん首を横に振ってしまう。

ギルベルトがさらに柔和《にゅうわ》に笑う。

「大丈夫、優しくするから」

ぎし、とベッドが軋《きし》みギルベルトが身を寄せてくる。クリスタは思わずお尻をずり上げて、逃げようとした。するとギルベルトの片手が、クリスタの背中に回って抱き込み動きを封じる。

「逃げるな。まず、君を気持ちよくしてあげるから」

「き、気持ちよく？」

「胸に触れていいか？　今度は痛くしないから」

「は、はい……」

緊張で口から心臓が飛び出しそうだ。もうどうしていいかわからない。が、ギルベルトの言葉を信じるしかない。

そろりとギルベルトの両手がクリスタの乳房を包み込んだ。

豊かな乳房だが、ギルベルトの大きな手の中にはすっぽりと収まってしまう。

「なんて柔らかいんだ、真っ白でふわふわで、指の間で蕩けそうだ」

ギルベルトは乳房の感触を確かめるように、やわやわと揉《も》みしだいた。

「ぁ……」

そんな風に揉まれると、緊張までほぐされていくような気がした。

彼の手のひらが乳首を擦るように撫でると、未知のツンとした甘い疼きが先端から走って、びくりと身が竦んだ。そして、どういう仕組みなのか、触れられると乳首が硬く凝《しこ》りぷっくりと立ち上がってくる。

「この赤い蕾《つぼみ》が、感じやすいのか？」

ギルベルトの指先が試すように乳首の周りを撫で回す。

「あ、ぁ、あ」

触れられるたびに、じくんじくんと甘い痺れが下腹部へ走る。官能を揺さぶる刺激に、悩ましい鼻声が漏れてしまう。

クリスタの反応に気をよくしたのか、ギルベルトは鋭敏になった先端をそっと摘《つま》み上げて、指の間で優しく揉みほぐすように擦った。

「んぅ、ん、あ、や……」

いじられるたびに腰が震えるような甘い快感が生まれ、クリスタは身を捩《よじ》った。そして、下腹部の疼きはどんどん熱くなり、隘路《あいろ》の奥がせつなくきゅんきゅん収斂《しゅうれん》するのがわかった。

未知の感覚にどう対処していいかわからず、もじもじと太腿を擦り合わせた。

ギルベルトはクリスタの様子を窺いながら、耳元に熱い息を吹きかけてたずねてくる。

「痛いか？」

彼の低いささやき声とため息が耳孔《じこう》をごうっと震わせ、その刺激にも甘く身が慄く。

「い、痛くは、ないです」

消え入りそうな声で答える。

「では、どんな感じだ？」

問いただされても、初心なクリスタには答えようもない。

「わ、わかりません……なんだかふわふわして、落ち着かなくて……」

ふいにギルベルトが少し強めにきゅっと乳首を捻《ひね》り上げた。

「あっ、つぅっ」

一瞬走った痛みに、悲鳴を上げる。

「痛くしたか？」

じんじん疼くそこを、今度は執拗《しつよう》に撫でたり抉《えぐ》ったりされると、さらに身体が鋭敏に甘く感じ入ってしまう。全身が甘く痺れて、背中を仰《の》け反《ぞ》らせて身悶《みもだ》えてしまう。

「ぁ、あぁ、やぁ、も、しないで、いじらないで……」

「可愛い、甘い声が出ている、クリスタ。もっと啼《な》かせたい」

ギルベルトは両手でクリスタの乳房を包んで寄せ上げ、そこに顔を寄せてきた。左右の乳房の滑《なめ》らかで白い肌に、ちゅっちゅっと音を立てて口づける。それから、片方の乳首は指でもてあそびながら、赤く色づいたもう片方の乳首をやにわに口に含んできた。

「あ？　んやぁっ」

軽く吸い上げられると、じーんと強い快感が走り、クリスタは目を見開いて嬌声《きょうせい》を上げた。

ギルベルトは咥《くわ》え込んだ乳首を濡れた舌で舐め回しては、強弱をつけて吸い上げてくる。

「だめぇ、舐めちゃ……ぁ、あぁ、や、ぁあ……」

指でいじられるより何倍も心地よく、甘い刺激が全身を犯していく。

クリスタは戸惑いながらも艶《なま》めかしい声を止められない。恥ずかしい声を上げまいと、唇を噛みしめると、逃げ場を失った官能の痺れが身の内で荒れ狂い、ますます感じ入ってしまう。

「は、ぁ、あ、やめ……陛下、やめ……て、あ、ああっ？」

官能の塊《かたまり》のようになった乳首を柔らかく噛まれると、下腹部の奥のせつなさはますます膨れ上がり、あらぬところがきゅうきゅうと蠢《うごめ》き、耐えがたいくらいにクリスタを追い詰める。

「も、もう、やめて……陛下、やめて、だめ……だめに……」

初めての性的快感に翻弄され、クリスタは息も絶え絶えだ。

だが、ギルベルトは上目遣いでクリスタの反応を窺いながら、執拗に左右の乳首を交互に舐めしゃぶってくる。

「やぁ、あ、や、あぁ、あぁん、は、はぁ……ん」

乳首の刺激だけで腰が蕩けそうになり、隘路の奥の疼きは耐えがたいほどになる。体内に蓄積されていく疼きをやり過ごそうと、無意識に擦り合わせていた太腿のはざまが、ぬるぬると滑る違和感にも戸惑う。

「もう、もう、いいからぁ……だめ、あぁ、だめ、だめぇ」

クリスタは艶やかな赤毛をパサパサと振り乱して、甘く啜《すす》り泣いた。

ギルベルトは延々と乳首を舐め回し、ようやく彼の顔が離れた時には、クリスタはぐったりと全身が脱力してしまっていた。

ギルベルトが息を乱しているクリスタの様子を嬉しげに見下ろす。

クリスタは恥ずかしくて目を逸らす。

「気持ちよかったか？　白い肌がピンク色に色づいて、とても色っぽい様になったな」

うっすら汗ばんだ肌を、ギルベルトの大きな手が身体の曲線に沿うようにして撫でるだけで、全身がビクビクと震える。

「あ、あぁ、あぁ」

クリスタの身体はどこもかしこも敏感に刺激に反応してしまう。

やがて、ギルベルトの指はそろそろと下腹部へ伸ばされた。

「薄い下生えも、燃えるように赤いね」

「やあっ……」

そんな感想はいらないのに。羞恥に全身がかあっと熱くなる。

ギルベルトの指先が若草の茂みをかき分け、閉じ合わされた割れ目をそっと撫でた。ぬるっと滑る感覚がして、強すぎる快感が背中を走り抜け、クリスタの腰がびくんと跳ねた。

「あああっ？」

割れ目の浅瀬をギルベルトの指がかき回すと、くちゅりと卑猥な水音が立つ。

「濡れている――女性は感じると、ほんとうにここが濡れてくるんだな」

ギルベルトが感心したような声を漏らす。恥ずかしさで頭が煮え立ちそうだ。

硬い指先が花弁《かべん》を押し開くと、何かがとろりと溢れ出るのが自分でもわかる。なぜそんなものが溢れてくるのか、わけがわからない。

「やめて、そんなところ、触っちゃ……ぁ、あぁ、あ……ぁ」

ギルベルトは溢れる愛液を指の腹で掬《すく》い、綻《ほころ》んだ花襞に塗り込めるように上下に撫でてくる。痺れるほどの性的快感が襲ってきて、クリスタは総身をぶるっと震わせた。

「は、はぁ、お願い……もう……」

「すごい、どんどん溢れてくる、ここはどう？」

ギルベルトの指先が割れ目の上の方に佇む、小さな突起のようなものに触れてきた。

「ひぁっ？　あ、あぁああっ」

う。

直後、目も眩《くら》むような快感が走り、クリスタはあられもない声を上げて腰を浮かせてしま
「あぁここなんだな。女性が一番感じてしまう部分は」

ギルベルトは嬉しげな声を漏らし、ぬるぬると鋭敏な花芽ばかりをいじってくる。濡れた指の腹で軽く撫で回したり、優しく押し潰したりしてくる。

「ひゃぅ、だめぇ、そこ、だめ、しないで、そんなに、あ、あぁ、あぁあ、ああっ」

耐えがたいほどの鋭い悦楽が繰り返し襲ってくる。

クリスタは思わずギルベルトの手を押さえ、愛撫を止めようとした。

「やめて、そこだめ、もう、だめ、だめなの……っ」

だがギルベルトはやんわりと空いている方の手でクリスタの手を押さえ、さらに鋭敏な肉粒を刺激してくる。

「あ、あぁ、やぁ、は、はぁ、だめ、あぁ、だめぇ……やめて、やめてぇ」

痛いと感じるほどの強い快美感に、初心なクリスタはなすすべもなく翻弄された。

「ほんとうにやめていいのか？　こんなにも蜜が溢れてくる。すごいよ、クリスタ、なんて反応だろう」

ギルベルトは感に堪えないと言った声を出し、ぐちゅぐちゅと卑猥な水音を響かせながら、ねちっこく秘玉《ひぎょく》をいたぶってくる。

「だって、だって……あぁ、おかしくなって……やぁ、どうしたらいいの？　あぁ、どうすれば……」

身体中に溜まっていく快感が、やがてどこからか決壊しそうな未知の感覚に、クリスタは恐怖すら感じた。目尻から、生理的な涙がボロボロと零れる。

「お願い、おかしくなって……気が……あぁ、気絶しそう……」

切れ切れの声で訴《うった》える。

「いいんだ、おかしくなって……このまま達《い》ってしまえ」

「い、達く？」

「感じるままに、流されてしまえばいい」

ギルベルトはそう言うや否や、きゅっと鋭敏な尖りを摘み上げた。

刹那、クリスタの目の前が愉悦で真っ白に染まった。

「あああああああーーーーーっ」

ついにクリスタは何かの限界に達し、息を詰めて全身を強張らせた。腰だけがビクビクと激しく慄く。

四肢が突っ張り、胎内が熱くうねる。

一瞬のような永遠のような時間が過ぎる。

「はっ、はぁ、は、はぁ……っぁ、あ」

ふいに意識が戻り、汗がどっと吹き出し、がっくりと力が抜けた。

まだ朦朧としながら快感の残滓《ざんし》に酔っていると、ひくつく蜜口《みつくち》の中につぷりとギルベルトの指が押し入った。

うねる隘路が無意識に硬い指をきゅうっと喰《は》む。その締め付けに、新たな快感がじーんと背中を走り抜けた。

「狭いな──でもぬるぬるで熱い。女性の胎内とは、こんなにも猥《みだ》りがましいものなのか」

ギルベルトが感心したように言いながら、節高な長い指をゆっくりと処女腔の奥へ突き入れてくる。胎内に異物が侵入してくる違和感に、クリスタはびくんと身を竦ませる。

「あ、やっ……」

指の動きを止め、ギルベルトがこちらの反応を窺う。

「痛いか？」

「い、痛くは、ないです、けど……きつくて変な感じで」

「指一本がやっとだな、もっと広げておかないとな。とても私のものが挿入《はい》ると思えない」

ギルベルトは独り言のようにつぶやいて、慎重な動きで膣内で指でまさぐる。

「んっ、ん、ひ、ぁ、う」

内側から胎内を探られる違和感がさらに大きくなり、クリスタは身を硬くして耐える。

「そんなに身体に力を入れては、指だけでも押し出されそうだ。クリスタ、もっと力を抜いてみろ」

「だ、だって……」

そう言われても、身体のどこをどうすればいいのか見当もつかない。クリスタの不安そうな表情を見ると、ギルベルトが薄く笑みを浮かべた。

「では、舌を出せ」

「は、はい、こう？」

言葉の意味がわからず、素直にああんと口を開けて赤い舌を差し出す。すかさずその舌をギルベルトが咥え込んだ。

「んぅ、ん、ふぁうん」

深い口づけがもたらす甘美な快感にうなじのあたりがぼうっと熱くなり、四肢から力が抜けた。すると、ギルベルトの指は再びゆっくりと隘路を押し広げるように押し進んできた。今度はあっさりと指の付け根まで受け入れてしまう。

ギルベルトは口づけを繰り返しながら、にちにちと指を抜き差しする。同時に、クリスタの気を紛らわすためか、感じやすい秘玉も撫で回してきた。

「は、ふぁ、ぁ……あふぁん」

口づけと陰核への愛撫により、胎内の違和感が薄れていく。心地よく感じると新たな愛蜜が溢れて、指の動きが滑らかになる頃には、いつの間にか挿入される指が二本に増やされていた。

「ぁふ、あ、ん、んふぅ」

揃えた指がほぐれてきた内壁をくちゅくちゅと擦っていくと、これまで経験したことのないせつなくて濃密で重苦しいような感覚が子宮の奥の方から迫り上がってくる。

クリスタは唇を振りほどき、甘く喘《あえ》いだ。

「あぁ、そんなにしちゃ……やだ、だめぇ……」

花芽を愛撫《あいぶ》された時のような、鋭く襲ってくる快感と違い、じわじわと魂まで持っていかれそうな未知の心地よさだ。

「中がきゅうきゅう締めてくる。気持ちよいのだな、クリスタ」

ギルベルトは指を動かしながら、クリスタの火照《ほて》った頬や額に口づけを繰り返す。

「お、願い、指、もう、やめて、怖い……なんだか、あ、ぁあ、あぁ」

クリスタは理性が崩れていく予感に怯え、いやいやと首を振る。

「やめない。これからだよ」

ギルベルトが低い声で耳元でささやき、耳朶の後ろをべろりと舐める。

「ひうっん」

舐められた途端ぞくぞくするような甘い戦慄《せんりつ》が走り、クリスタは甲高《かんだか》い声を上げてしまう。

そんな部分が性的快感を生み出すなんて初めて知った。

「ああここも気持ちいいのか？　君の身体には、幾つもの秘密が隠れているんだな」

ギルベルトがおもむろに指を抜く。喪失感に、媚肉がはしたなくひくつくのがわかった。

身を起こしたギルベルトは、たくましい両腕をクリスタの膝裏にくぐらせ、大きく開脚させた。

「あっ、やあっ」

秘所がぱっくりと開き晒され、クリスタは羞恥に悲鳴を上げた。こんな恥ずかしい格好をするのか。思わず脚を閉じようとしたが、ギルベルトが素早く腰を割り込ませてきた。

「クリスタ、君が欲しい」

ギルベルトの声が欲望に掠れている。潤んだ目で見上げると、ギルベルトは見たこともない余裕のない表情をしていた。そのせつないような眼差しに、濡れた蜜口が物欲しげにひくつくのがわかった。ちょっと怖いけれど、クリスタの肉体も彼を渇望している。

「は、はい……」

クリスタは目を閉じて、その瞬間を待ち受ける。

ギルベルトは片手で自分の欲望をあやしながら、膨れた先端を花弁のはざまに押し当ててきた。想像以上に熱くて硬い。

「あっ」

ぐぐっと傘の開いた亀頭が蜜口を押し広げて侵入しようとしてきた。

「あ、あ、ぁ」

蜜口が限界まで押し広げられるような圧迫感に、クリスタは息を詰めた。

じりじりと先端が媚肉へ侵入してくる。内壁にめいっぱい灼熱の雄茎が押し入る。きりきり切り拓かれるような膨満感に、クリスタは悲鳴を上げそうになった。

その刹那だ。

「く――っ」

ギルベルトが低く唸《うな》った。そしてぶるりと大きく胴震いした。

同時に、蜜口の中にどくどくと何か熱いものが吐き出される。そして、処女襞の中の男根が、みるみる勢いを失っていく。

圧迫感から解放され、クリスタはホッと大きく息を吐いた。覚悟していたよりずっと早くて苦しくなくて、安堵した。

「殿下、これで無事私たちは夫婦になりましたね？」

と声をかけてギルベルトを見上げると、彼はどういうわけか愕然《がくぜん》とした顔になっていた。

「ああくそっ」

ギルベルトが下品な言葉遣いで舌打ちする。

クリスタは驚いて目を丸くしてギルベルトを見つめた。

「陛下？」

「違うんだ、これは違う――すまぬ、すまぬ、クリスタ」

なぜか謝られて、クリスタはわけがわからない。

「ああ私としたことが、みっともないな」

ギルベルトががっくりと首を垂れ、クリスタの上に倒れ込んできた。

密着した男の重みと体温が心地よく、クリスタの心臓は高鳴った。ギルベルトが何に嘆いているのかわからないが、夫婦としてここは褒めておく方がいいか。

「陛下、全然痛くも苦しくもなかったです。気を遣って扱ってくださって、嬉しいです」

そう言いながら、彼の広い背中に両手を回して撫でさする。反発し合っていた二人だが、こうして一糸纏わぬ姿で触れ合っていると、純粋に温かい感情が生まれてくるようだ。

だがギルベルトは気まずそうな表情のまま、そっと顔を上げる。

「君は――案外優しいんだな、クリスタ」

「陛下――」

二人の視線が絡む。ギルベルトが切迫した声を出す。

「頼む。名前を呼んでくれないか？」

「え？　ギ、ギルベルト、様？」

名前を呼ぶと、親密度がさらに増すようで、クリスタの脈動が速まる。

「もっと、呼んでくれ」

「ギルベルト様」

「もっと甘い声で」

何を注文してくるのだろうと思いながら、いつも不遜な態度のギルベルトが懇願してくるので、ちょっと嬉しい。できるだけ悩ましい声を出す。

「ギルベルト様、ギルベルト様」

「クリスタ、クリスタ」

「んんっ?」

クリスタはびくんと腰を浮かせた。やにわに内壁の圧迫感が増してきて、前よりもみっしりと媚肉《びにく》が押し広げられていくのだ。

「えっ?　あ、や、え?」

もう行為は終了したと思い込んでいたクリスタは、狼狽えた。

ギルベルトが急に満足そうな顔になり、上半身を起こした。

「よし、行くぞ、クリスタ」

「え、え?　まだ、あるのですか?」

「まだも何も、半分も挿入していない。これからが本番だ」

「ええっ?　う——」

嘘、と言う前に、ギルベルトがずん、と一気に腰を沈めてきた。

った。

「ひ――っ!!」

剛直が最奥まで突き入れられ、その凄まじい衝撃にクリスタは声を上げることもできなかった。

太茎を根元まで収めて動きを止めたギルベルトは、深いため息をつく。

「ああ全部挿入ったぞ、クリスタ」

「ぁ、あ、ぁ……」

隘路をビクビク震える太い脈動が埋め尽くし、そこが灼けつくように熱くなってクリスタは呼吸をするのも苦しかった。引き攣るような痛みもあり、少しでも動くと自分の中が壊れてしまいそうで、じっとして息を潜《ひそ》める。

「すごいな、君の中、熱くてぬるぬるして、きゅうきゅう締めて。こんなに気持ちいいのか。ああ夢のようだ」

ギルベルトが陶然《とうぜん》とした顔でつぶやく。

その表情があまりに素直で悩ましいので、クリスタはなんだか胸がかきむしられ、痛みや息苦しさが薄れていくような気がした。

「動くぞ」

ギルベルトがゆったりと腰を穿《うが》ってきた。

「ひゃあう、あ、や、だめ、動いちゃ……」

がつんがつんと脳芯に響くような衝撃に、クリスタは涙目で訴える。

「痛いか？」

気遣わしそうな口調だが、彼の腰の抽挿《ちゅうそう》は止まらない。

「痛い、です……」

「そうか、なるべく優しくしてやりたいが、もう止められぬ。私はものすごく気持ちがいいぞ――できるだけよくしてやるから」

ギルベルトはクリスタの唇をそっと塞ぐ。熱い舌が口腔をかき回し、クリスタも思わずその舌の動きに応える。

「んんぅ、ふ、ふぁ……」

互いの唾液が混ざり合い、嚥下《えんげ》し合う。

深い口づけに熱中すると、破瓜《はか》の痛みが薄れるような気がして、クリスタは夢中で舌を蠢かせた。

繰り返しゆったりとした動きで内壁を擦られると、次第に痛みよりも熱く疼くような感覚が強くなってくる。やがて、じわりじわりと深い快楽が子宮の奥に溜まっていくような気がした。

「あ、ふぁ、あ、あぁ、あぁん」

息を継ごうと、ぷはあと唇を離すと、嚥下し損ねた唾液が口の端から滴《したた》る。そして、自分でも聞いたことのない艶めいた喘ぎ声が漏れた。

「いい声が出てきた。もっと啼かせてやりたい」

ギルベルトはぐっぐっと徐々に強く腰を振り立てながら、結合部に片手を潜《もぐ》り込ませた。濡れた指が、腫れ上がっている陰核にぬるっと触れてくる。

「ひぁああん、あ、あぁあっ」

鋭い愉悦と深い快感が同時に襲ってきて、クリスタは目を見開く。

「気持ちよくなってきたか？」

ギルベルトが嬉しげな声を出す。

そして抽挿を繰り返しながら、秘玉をくりくりと撫で回した。雷にでも打たれたような強い快美感が背中を走り抜け、破瓜の痛みを忘れてしまう。

「やぁ、そこだめ、あぁ、そこ触っちゃ……いやぁあ」

とろとろと新たな淫蜜が溢れ出て、男根の滑りがよくなると、さらに喜悦が増幅した。苦痛が薄れ、どうしようもなく濃密な官能の悦《よろこ》びだけが全身に広がっていく。

「や、あぁ、あ、ぁあ、んっ、あ、すご、い、あぁ……っ」

恥ずかしいのに甲高い嬌声を止められない。

これがほんとうの男女の睦み合いか。

こんなにも激しく熱く嵐のように翻弄されるのか。

理性が崩壊してしまうのが恐ろしい――でももっと官能に酔いしれたい渇望が勝った。

「感じてきたね、すごく締めてくる。押し出されそうだ。クリスタ、たまらないよ、君の中は気持ちよくてたまらない」

ギルベルトが甘いバリトンの声を乱すと、それがまた刺激になって、腰がぞくぞく震えた。

「あぁ、ギルベルト、ぁあ、私、私、どこかに飛んでいってしまいそう……」

「クリスタ、大丈夫だ、こうしてしっかり抱いていてやる」

ギルベルトがぎゅっと背中を抱きしめ腰を引き付け、さらに密着度が深まった。

「あ、あぁ、あぁ、は、はぁ、あぁあっ」

腰を抱えられて、ぐちゅぐちゅと揺さぶられると、頭の中が真っ白に染まり、もう気持ちいいとしか考えられなくなる。

「いやぁあん、あぁあ、あ、だめ、あぁ、だめぇ」

クリスタが甘い悲鳴だけを上げるようになると、ギルベルトは容赦なく力任せに腰を穿ってきた。

「うあぁ、やだ、そんなにしちゃ……壊れて……あ、だめぇだめぇえ」

硬い先端が最奥を突つくと、瞼《まぶた》の裏に愉悦の火花がばちばちと散る。

そして、熱い大波のような快感が意識を攫《さら》おうと迫り上がってくるのがわかった。

「あ、あぁ、あ、ギルベルト、あ、だめ、なにか、きちゃう、あ、来る、怖い、なにか来る

のっ」

　クリスタは思わずギルベルトの背中に爪を立ててしがみついた。

「く――私も、限界が来そうだ、クリスタ、今度こそ、一緒に君と――」

　ギルベルトは余裕のない声を出し、クリスタの細腰を両手で抱えると、がむしゃらに腰を振り立てた。

「やぁ、激し……そんなにしちゃ、あ、だめ、だめ、あ、だめぇぇえっ」

　ぐちゅんぐちゅんと粘膜に打ち当たる猥雑な音を立ててギルベルトに突き上げられるたびに、熱い波が押し寄せてきて、クリスタは悦楽の頂点の崖っぷちに追い詰められた。

　繋がった箇所からどろどろに蕩けてひとつになり、もうどこまでが自分でどこからがギルベルトなのかわからない。

「あ、あ、もう、あ、もう、もうっ、もう……っ」

　快楽の限界に到達し、クリスタは全身を強張らせて息を詰めた。無意識に、ぎゅうっと内壁がギルベルトの巨根を締め付ける。

「っ、出る、クリスタ、出すぞっ」

　ギルベルトが獣のように呻き、ずんずんと数回深く腰を穿ってきた。

　そして、絶頂の収斂を繰り返すクリスタの媚壁の中で、どくどくと激しく脈動が震えた。

「あ、あぁ、あ、あ……ぁ」

何か熱いものが胎内にじんわりと広がっていく。

「は、はぁっ、はぁ――」

ギルベルトが荒い呼吸を繰り返し、動きを止める。

「は……ぁ、ぁ、はぁ……ぁ」

硬直していたクリスタの全身から、ふいに力が抜け、どっと熱い汗が吹き出した。ぐったりとシーツの中に身体が沈み込む。

「はぁあ――」

ギルベルトが満足気なため息を吐くと、ゆっくりとクリスタの上に倒れ込んできた。まだ繋がったまま、互いに荒い呼吸を繰り返す。

シーツの上に乱れて広がったクリスタの赤毛に顔を埋めていたギルベルトが、そっと顔だけ起こす。まだ酩酊《めいてい》しているクリスタの顔をじっと見てくる。その視線を感じると、ようやく意識が戻ってきた。慌てて両手で顔を覆う。

「いや、見ないでっ」

さんざん啼いて喚《わめ》いて、今自分がどんなにはしたない表情をしているかと思うと、羞恥で死にたくなる。

「だめだ、見せてくれ。終わったばかりの君の顔を見たい」

ギルベルトがクリスタの手をそっと外させる。そして、まじまじと見つめてくる。

「うぅ……」

クリスタは目をギュッと瞑《つむ》って恥ずかしさに耐えた。

「こんな顔をするんだな。すごく色っぽくて、ゾクゾクする」

ギルベルトが感に堪えないような声を出したので、クリスタはおずおずと瞼を上げた。

熱っぽい青い目と視線が合う。

こんな優しい表情をするのか。

そう思うとクリスタの胸はきゅんと甘く疼く。

二人はどちらからともなく顔を寄せ、ごく自然に口づけを交わした。

「クリスタ、もうこれで君は私だけのものだ」

唇を離したギルベルトがひそやかな声でつぶやく。

彼がゆっくりと腰を引いた。

ずるりと萎《な》えた陰茎が抜け出ていき、その喪失感にも甘く感じてしまう。

「あ……」

綻んだ花弁のはざまから、ギルベルトの吐き出した白濁《はくだく》液とクリスタの破瓜の血が混じったものがとろりと溢れてシーツを濡らす。

「血が出てしまったな。痛むか?」

ギルベルトがクリスタの下腹部に目をやり、気遣わしげな声を出す。

「いえ、それほどでは……」

クリスタはなんだかとても愛されているような錯覚に陥《おちい》る。互いに何もかも曝け出して睦み合った直後というのは、ひどく寛大な気持ちになるのかもしれない。

不思議だ。

敵国に嫁いできたということも、政略結婚ということも忘れ、ただの男と女になっている。

「ギルベルト様……」

意識せず彼の広い胸に甘えるように顔を擦り付けた。

「クリスタ――」

頭の上から悩ましいため息混じりの声で名前を呼ばれと、とても心が安らぐ気がした。

どくんどくんと少し速い彼の鼓動を聞きながら、クリスタはすうっと眠りに落ちていった。

第二章　最悪の昼と蕩ける夜

枕元にうっすらと朝日が差し込み、クリスタは深い海の底に沈んだような眠りから覚めた。

「ん……」

重い瞼《まぶた》を上げると、すぐ目の前にギルベルトの寝顔があった。

彼の剥《む》き出しのたくましい腕がクリスタの裸の腰に巻きついている。

二人は全裸のまま抱き合って眠っていた。

「えっ？」

一瞬どういう状況か把握できず、背中にいやな汗が流れた。身じろぎしようとして、下腹部の奥に違和感と鈍痛を感じ、やっと初夜のことを思い出す。

あんなことやこんなことや、それはもう恥ずかしく狂態を晒《さら》した記憶がどっと蘇《よみがえ》った。

「うう……」

クリスタは顔から火が出そうだった。

目の前のギルベルトは、長いまつ毛を伏せて心地よさげに眠っている。

無防備な寝顔は少年のようで魅力的で、クリスタはいけないと思いつつもそっと盗み見した。普段は冷静で威厳に満ちているギルベルトの、こんな表情を見られるのは自分だけかもしれないと思うと、なぜだかドキドキしてしまう。

それにしても――。

正気に戻って考えると、ずいぶんとひどいことをされたような気がする。

あんな無様に脚を広げられて、恥ずかしい場所を丸見えにされ、痛かったし、苦しかったし、そりゃなんだかんだで気持ちいいこともあったが、でもやっぱり好き放題にされてしまった。

ギルベルトは、厳格で理性的な皇帝陛下という評判だったが、本性はものすごくいやらしい人なのかもしれない。そうよ、ホルガー帝国の人間だもの、好色な獣なのだわ――ギルベルトが眠りこけているのをいいことに、ブツブツ文句を垂れていた。

「ひどい言い様だな」

ふいに頭の上から眠そうな声が降ってきて、クリスタはきゃっと声を上げてしまう。

ギルベルトが目を開いてこちらを睨《にら》んでいる。

「可愛《かわい》がってあげたのに。初夜の感想がそれか」

クリスタはかあっと頰が熱くなるのを感じた。

「い、いやだ、盗み聞きしていたなんて、ひどいわ。失礼だわ」

「失礼は君だろう。人の寝顔をずっと眺めて好き放題言って」

「え、き、気がついてたの？」

「ふん、私はとうに起きていた。君がだらしなく口を開けて寝ている顔もたっぷり鑑賞させていただいた」

「ひどいっ、ずっと寝たふりしていたのねっ」

「君を起こさないように気を遣ってやったのだ」

ギルベルトがおもむろにクリスタの背中に手を回してきた。

「もうっ、離して、起きますからっ」

身を起こそうとして、ぎしぎしと全身が軋《きし》んだ。

「い、イタタ……」

どこもかしこも筋肉痛になっている。

顔を顰《しか》めたクリスタの様子に、ギルベルトが真顔になった。

「大丈夫か？」

彼が自分の胸の中にクリスタを抱き込んでくる。

「もう少し寝ていろ。初夜から向こう七日間は、『七日間の蜜夜の儀式』だ。何も気にせず、二人でゆっくり過ごしていいんだ」

引きしまった裸の胸の感触に、クリスタの心臓はばくばくする。恥ずかしくて身を捩《よじ》って逃れようとする。

「離してください」

「いやだ」

「いとなみは終わったんです、裸でくっついている必要はないでしょう？」

「なんだ、昨夜のアレでは足りなかったというのか？」

「そういう意味じゃありません、あんなはしたない行為、もう二度とごめんですっ」

つい売り言葉に買い言葉になってしまう。

「そういうわけにはいかない。皇帝夫妻としての義務がある。これからもっと励まなければならない」

「ぎ、義務なら、いたしかたありません……が」

ふいにギルベルトがくすっと笑った。

「君も意地っ張りだな。ほんとうは気持ちよくて、何度でもしたいって、言えばいいのに」

「な……！」

クリスタは絶句する。ギルベルトがさらにクリスタの身体を引き寄せる。

下腹部に、ごつごつした男の欲望が触れてきた。

全身が恥ずかしさに桃色に染まる。

「ちょっと、朝ですよっ」

「知らないのか、男というものは朝はこうなるものなんだ」

「いやだ、ケダモノ……」

ギルベルトがクリスタの耳の後ろに唇を這《は》わせてきた。

「これからもっともっと、男の身体のことを教えてやろう、無知で無垢《むく》なクリスタ」

寝起きの掠《かす》れた声を耳孔に吹き込まれ、感じやすい耳の後ろを舐《な》められると、ぞわっと悩ましく感じてしまい、背中が震《ふる》えた。

「や、やめ……耳、だめ、だから」

頭を振ってギルベルトの唇から逃れようとする。だが彼はぎゅっとクリスタを抱きしめ、さらに耳朶《じだ》を甘噛みしたり、耳殻《じかく》に舌先を這わせたりしてきた。

「んん、ん、や、め……」

「私にも、女の身体のことを教えてくれ、クリスタ」

艶《なまめ》かしい声でささやかれると、下腹部の奥がきゅんと甘く疼《うず》いた。

ギルベルトの片手が乳房に伸びてきて、探り当てた乳首をきゅうっと摘《つま》むと、甘い痺《しび》れに腰が浮く。

「あんっ、や、だぁ」

「朝から可愛い声で啼《な》くじゃないか」

ギルベルトが楽しげに言いながら、指先で小刻みに乳首を上下に刺激する。昨夜、さんざんギルベルトに触れられたり舐められたりしたせいか、乳首が腫《は》れ上がってひどく鋭敏になっていた。心地よい官能の疼きがあっと言う間に全身を犯していく。

「ぁ、あぁ、あ、だ、だめ……だめ、なのに……ぃ」

クリスタは恨めしげにギルベルトを睨むが、その眼差しに媚《こ》びるような色が浮かんでしまう。

「いいね、その目つき。すごく興奮する」

ギルベルトの劣情に火がついたようだ。

彼の唇が首筋から肩、乳房の膨らみに降りてきて、すっかり尖《とが》ってしまった乳首を吸い込むと、その甘い快感にもはやクリスタは逆らえなかった。

「あ、ぁん、あぁ、ぁあ……」

腰が誘うようにくねってしまう。

たったひと晩で、こんなにも淫らな身体に変えられてしまうなんて。

口惜しさとともに、なぜか悦《よろこ》びに胸が熱くなる。

これは義務、皇妃としての義務、ヨッヘム王家の王女としての威厳を失わずに――胸の中で必死に自分に言い聞かせるが、あっと言う間に快感の渦に飲み込まれ、何も考えられなくなってしまった。

結局、昼過ぎまでギルベルトのほしいままにされ、さんざん甘く啼かされてしまったのである。

午後、朝と昼兼用の食事が寝室へ運ばれた。

クリスタははしたないのではと、気が引けた。だがギルベルトは、初夜明けはベッドで二人で食事をするのがホルガー帝国皇家の習わしだと言い張ったのだ。そう言われては反対もしにくい。

アデルたちがワゴンで食事を運んでいる間、クリスタは顔を合わせるのが気まずくて洗面室に籠《こも》っていた。

「クリスタ、もう誰もいないからおいで」

外からギルベルトが声をかけてきたので、素肌にガウンを羽織ってそろそろと洗面室を出た。ベッド上に簡易テーブルが渡してあり、そこに食事が並べられていた。ギルベルトは全裸のままだ。彼は自分の横に枕を重ね、そこを軽く叩く。

「ここにおいで」

「し、失礼します」

もぞもぞとベッドに上がり、ギルベルトの横に座った。

テーブルの上には、焼きたての白パン、バター、蜂蜜、ジャム、カリカリに焼いたベーコンを添えた目玉焼き、温野菜、新鮮な果物、ほかほか湯気の立つカフェオレなどが並んでいる。美味しそうな匂いに、急にお腹が空《す》いてくる。

「さあ食べようか」

ギルベルトはナプキンをクリスタの首に巻いてくれた。そして、カフェオレのボウルを手渡してくれた。さりげない仕草に、皇帝家の育ちのよさが出ている。気恥ずかしいけれど、親切にされるのは嬉しい。

「いただきます」

受け取ったカフェオレをひとくち口に含むと、その温かさに元気が出てくる。

「美味しいわ、ミルクの味がとても濃厚で」

「そうだろう？　我が国の乳牛は、とても質のいい乳を出すんだ」

クリスタは自国の牛乳の味を思い出す。

「ヨッヘム王国の牛乳はとても薄味なの。なぜなのかしら。餌《えさ》の違い？」

ギルベルトは自分もカフェオレを飲みながら、うなずく。

「我が国では干し草以外にも、濃厚飼料といって、乳牛にふすまや油粕などタンパク質に富んだ餌を食べさせるんだ。あまりあげすぎると逆に牛乳の味が悪くなるので、配合が大事なんだ」

「まあ、そうなんですね。ヨッヘム王国にも教えたいわ、あ――」

ホルガー帝国の国外秘の情報かもしれない、と慌《あわ》てて口を閉ざす。だが、ギルベルトは穏やかに答えた。

「無論構わない。私たちは友好国になったのだから。これからは、どんどん互いに有益な情報や技術を交換すべきだ。そうすれば、両国ともさらに豊かに発展していくだろう」

「ギルベルト様……」

クリスタはギルベルトを見直す思いだった。自国の利益だけを追求するではなく、両国ともに利益を得て成長しようという彼の考え方には、とても共感できた。

ギルベルトは遠くを見るような顔つきになる。

「私はね、今、大陸のあちこちで勃発している国同士の争いを平定し、大陸全体を平和にすることが夢なんだ。仇敵《きゅうてき》だった私たちの国が友好的に結ばれることは、その第一歩でもあるんだ」

大きな理想を語るギルベルトの横顔は、凛々《りり》しく美しい。

素直に見惚《みほ》れてしまう。

思わずニコニコして彼を見上げると、ギルベルトは急に気まずい顔になって視線を逸らしてしまう。そして、咳払《せきばら》いしながら話題を変えた。

「そうだ、私たちの新婚旅行だが、今は執務が立て込んでいる。だが年末くらいにはまとまった休みを作るので、そこで行きたい場所があれば言うがいい」

クリスタはぱっと顔を輝かせる。

「それでは、海に行って船旅がしたいです！　ヨッヘム王国は山に囲まれていて、私は海というものをちゃんと見たことがないの。塩水で出来ていて大地より広いと聞いています」

「海――」

ギルベルトがわずかに眉を顰《ひそ》める。

「海なんて、塩辛くて、海風はべとべとしているし、水平線ばかりで何も面白くない。天候が変わりやすく、船旅は遭難する恐れもある」

いきなり海の悪い面ばかり挙げて反対され、クリスタはムッとしてしまう。

「そんな言いようはないでしょう？　ホルガー帝国には海があると、楽しみにしていたのに」

「大量の水が見たいのなら、内陸に湖沼地帯もあるからそっちにする」

「そういう意味じゃありません、勝手に決めないで。海がいいのに」

「私はいやだ」

「まあっ、じゃあ私の意見なんか聞かなければいいでしょう？　あなたお一人で、湖に行きなさいな」

「一人で行ってどうする？　夫婦で行くから新婚旅行だろう？」

二人は睨み合う。

せっかくいい雰囲気になったのに、台無しになってしまった。

その後、二人は無言でそそくさと食事を済ませ、新婚旅行の話は立ち消えとなってしまった。

食事の後、むすっとして部屋着に着替えていると、先に着替えを済ませたギルベルトがおもねるような声をかけてきた。

「私の寝室の隣に、君の個室を用意させたのだが——見るか?」

さっぱりした性格のクリスタは、ギルベルトが先ほどの態度を少し反省したみたいだと機嫌を直した。自分の新しい部屋にも心が踊る。

「ぜひ見たいわ」

「では、おいで」

ギルベルトが寝室の奥にある扉に誘う。

「ここから君の部屋に続いている」

寝室に繋がっているというところに、性的な意味を感じて少し面映《おもは》ゆい。

ギルベルトが扉を開く。

「そら、どうだ?」

自慢げに言われ、クリスタはワクワクしながら部屋に足を踏み入れた。

「あ——」

広々として天井の高い部屋は、南向きに高い飾り窓が幾つもあり明るく風通しがよい。ドレープの美しい滑《なめ》らかなカーテンが掛けられている。壁には見ているだけで心が安らぐような風景画が飾られている。品がよく精緻な象嵌《ぞうがん》細工が施された極上な調度品が趣味よく置かれていて、あちこちにホルガー帝国の国色である白と赤の薔薇《ばら》の花が飾られてあった。

これ以上ないほど贅を尽くした部屋だ。

だが――。

部屋の中は、壁紙もカーテンもソファもクッションも、全てクリスタの髪色と同じ色合いで統一されていたのだ。

ニンジン色の部屋だ。

「……」

声を失って立ち尽くしているクリスタの様子を、感動しているとでも勘違いしたのかギルベルトは機嫌よく説明を始める。

「どうだ？　調度品は全て我が国の一流の職人に注文して造らせたものだ。奥には書斎も図書室もある。君が音楽が好きだと聞いて、ピアノを置いた音楽室も作った。ピアノも臙脂《えんじ》色に塗らせたんだ。君の髪の色に合わせた臙脂色を探すのは苦労したんだぞ。もっと希望があれば――」

「意地悪……」

「え？」

ギルベルトが目を見開く。

クリスタは声を震わせる。

「どうせ、私は『ニンジン王女』ですものね」

ギルベルトが怪訝《けげん》そうな顔になる。

「何を膨れているのだ?」

「趣味が悪いわ……」

ギルベルトの表情が険しくなった。

「気に食わないというのか?」

「――別に」

「別にという顔じゃないな。お気に召さなかったというわけか」

「――」

クリスタは無言でうつむいた。答えないその態度が、ギルベルトには意固地に見えたのだろう。

「そうか、わかった。アントンと侍女たちを寄越すから、君の好きに改装すればいいだろう? ヨッヘム風の田舎臭い内装にすればいいさ。私は執務室に行ってくる」

捨て台詞《ぜりふ》を残し、ギルベルトはくるりと背中を向けて部屋を出て行ってしまった。

「あ」

捨て置かれてしまって、クリスタはぽつんとニンジン色の部屋に立ち尽くした。意地悪をされたと思ったが、なんだかクリスタの方がギルベルトを傷つけてしまったような心持ちになる。追いかけて呼び止めようか。

一歩踏み出した時に、扉がノックされアデルが侍女たちを引き連れて入ってきた。

「皇妃様、お部屋の模様替えがご所望ということですが——」

アデルたちの手前、クリスタは急いでしゃんとした。

「ええそうよ。壁紙も絨毯《じゅうたん》もカーテンもソファもクッションも、全部取り替えるわ」

「全部ですか？　新装したばかりのお部屋なのに」

アデルが戸惑《とまど》い気味に目をパチパチさせる。彼女がちらりと壁紙の色とクリスタの赤毛を見比べたような気がした。その意味ありげな視線が気になる。

「何か、意見があるの？　アデル？」

アデルは慌てて頭を下げる。

「いいえ——でも」

「でも？」

「恐れながら、皇妃様のお部屋は、陛下自ら内装も家具の選択も全てなされたのです——」

「え？」

「皇妃様が嫁《とつ》いでいらっしゃる前のひと月、ご多忙の中を毎日この部屋に通われては細かく指示をお出しになって、何度もやり直させて、ようやく完成させたお部屋なのです」

「ギルベルト様が……」

ずいぶんと念入りに意地悪を仕込んだものだ――そう思おうとしたのに、なぜか胸がきゅうっと締め付けられた。もしかしたら、彼はよかれと思ってこの内装にしたのだろうか？

だが、どう考えてもニンジン色の髪の毛に当てつけたとしか思えない。クリスタは顎《あご》を引いて、言い放つ。

「全取り替えです」

その後、皇城専用の内装と家具の職人たちが集められた。新しい家具やソファも運び込まれた。

「壁紙も絨毯も剝《は》がして、貼り直します」

アデルは職人たちに指示しながら、部屋の隅に腰を下ろしているクリスタに顔を向けた。

「始めてよろしいですか？」

クリスタはこくんとうなずく。

職人たちは、調度品の撤去を開始した。ばたばたと部屋の中が立て込む。

そこへ、ギルベルト付きの侍従が訪問してきた。

手にリボンを掛けた小箱を持っている。

「皇妃様、陛下からのお届け物をお持ちしました」

「あ、そこに置いておいてください。ご苦労様」

クリスタは職人たちの動きに気を取られ、生返事した。侍従は小箱をうやうやしく傍《そば》のテーブルの上に置いて立ち去った。

家具類がどんどん運び出されていく。

部屋の中が徐々に空《から》っぽになっていく。

内装職人たちが壁に取り付いて、壁紙を剥がし始めた。ベリベリと壁紙が剥がされる耳障りな音が響く。その音が胸をかきむしるようで、クリスタはいたたまれない気持ちになった。

アデルの話が心を迷わせていた。

もしほんとうにギルベルトが好意から内装を指示したのだったらどうしよう。自分がギルベルトの立場として、せっかくの心づくしを拒否されたら、どんなに悲しいだろう。

ふいに立ち上がる。

「あ、待って――」

ぴたりと職人たちの動きが止まる。

クリスタは口ごもりながら言う。

「あの、やっぱり、いいわ。元に戻してちょうだい」

「は――」

職人たちは戸惑ったように侍女長のアデルの方へ目をやった。

アデルは深くうなずく。

「皇妃様のご命令です。元に戻しなさい」

職人たちはわけがわからないといった風だったが、命令通りテキパキと剝がしかけた壁紙や絨毯を修復し始め、設置した新しい家具は運び出され、撤去した家具が再び持ち込まれる。

数時間後には、部屋はすっかり元通りになった。

クリスタは臙脂色のソファにおずおずと腰を下ろす。滑らかな革製のソファはとても座り心地がよかった。

アデルがワゴンでお茶を運んできた。

クリスタは気まずい。

「アデル、わがままなことを言って、皆に迷惑をかけてしまったわ」

アデルは笑みを浮かべてポットのお茶を注ぐ。

「いいえ。皇妃様が思いとどまられて、陛下も喜ばれますよ」

アデルはカップを手渡しながら、目を細める。

「あの人の思い通りになったのですものね」

クリスタは内心擽《くすぐ》ったかったが、わざとぞんざいに言う。

と、部屋の外から声をかける者がいた。

「失礼します。侍従長のアントンと申します」

ギルベルトの懐刀《ふところがたな》と言われている男だ。ギルベルトが幼い頃から側近として仕えていると聞いている。

「どうぞ、お入りになって」

中年の片眼鏡の紳士が滑るような足取りで部屋へ入ってきた。いかにも有能そうだ。

彼は部屋の中を見回した。

「おや。陛下にはお部屋を大改装なさると伺《うかが》っていましたが、変わりないようですね。これで陛下もご機嫌が直るでしょう」

アントンもアデルと同じようなことを言う。クリスタは顔を赤らめた。

「せっかくの新装なので、思い直しました」

「ところで、先ほど陛下よりお届けした品物は、ご覧になりましたか？」

「え？　あ、ああ——あれね、ありがとうとギルベルト様にお伝えしてください」

実は改装のどさくさにまぎれて、まだ見ていなかった。

アントンは大きくうなずく。

「あのオルゴールは、古めかしいものですが、ホルガー帝国皇家の前皇妃殿下から現皇妃殿下へと代々贈られている、由緒ある品でございます。本来は、前皇妃殿下のお手から直接贈られるのですが、すでに身罷《みまか》られておりますので、今回は陛下からお贈りされました。どうか、大切になさってくださいませ」

「は、はい、もちろんですわ」

しどろもどろになりながら答え、クリスタは侍従が置いていったはずの小箱を目で探した。

確か、暖炉の傍のテーブルの上にあったはず――だが、そのテーブルが見当たらない。

「っ――」

クリスタは背中にさーっと冷や汗が流れるのを感じた。

もしかしたら、家具の入れ替えをしているうちに、まぎれて不用品として運び出されてしまったのか。

なんという大失態だ。

せっかく用意してくれた部屋を改装させようとして騒ぎを起こした上に、大切な品を失くしてしまったのだ。ギルベルトはどんなに怒り失望するだろう。

クリスタは強張った笑顔を浮かべながら、さりげなくアデルに声をかけた。

「ち、ちょっと、散歩に出ましょうか」


「皇妃様は模様替えを思いとどまられたようですよ」

執務室へ戻ってきたアントンから報告を受け、ギルベルトは意表を突かれた。

「そうなのか?」

「はい」

内心安堵《あんど》するが、アントンの手前椅子にふんぞり返る。

「ふふん、私の趣味がいいからな。彼女もそれに気がついたのだろう」

だが、そわそわと膝が揺れてしまう。

目ざとくそれに気づいたのか、アントンがしれっと言った。

「陛下、どうせ執務などお手につかぬご様子。さっさと皇妃様のもとへお行きになられた方が、こちらの仕事も捗るというものです」

ギルベルトはかあっと白皙《はくせき》の目元を染める。

「何を言うか。私はいつでも政務第一主義だ」

「ですが、『七日間の蜜夜の儀式』期間ですので――誰も咎《とが》めはしませんよ。皇妃の夫としての義務を尽くされるべきでは？」

「う、ん。そうだな――義務、だしな」

ギルベルトはしぶしぶと言った態で立ち上がる。

「仕方ない、行くか」

「行ってらっしゃいませ」

アントンが馬鹿丁寧に頭を下げた。

皇太子時代からの側近で、ひと回り年上の有能な侍従長には、ギルベルトの内心など手に取るようにわかるのだろう。

執務室の扉が背中で閉まると、ギルベルトは小走りになった。

あの部屋は、ギルベルトが心を尽くして新装させたのだ。

クリスタの朝焼けのような見事な赤毛を引き立たせるべく、少しだけ臙脂色の色調を落としてある。部屋の中にクリスタが佇《たたず》むと、咲き誇った花園の中で、ひときわ見事に大輪の花弁を開いた赤薔薇のように輝いて見える。我ながら最高の出来栄えだと思っていたのだ。それなのに、クリスタは何が不満だったのだろう。どうも、髪の毛のことになると、急にむきになる気がする。

クリスタが自分の容姿に今ひとつ自信が持てないでいるらしいことが、ギルベルトにはまったく理解できない。

あんなに見事な紅の髪の毛で、透き通るような白い肌と神泉のように澄んだ透明の瞳を持つ女性など、二人といない。この世に稀《まれ》な存在だ。彼女は格別だ。

容姿だけでなく、ハキハキした態度と少し舌足らずな口調も魅力的だ。ギルベルトの言うことにいちいち絡んでくるのも、子犬みたいで可愛い。いくらでも構ってやりたくなる。

そして――閨《ねや》では別人のように恥じらい、やがて淫らに変貌する――。

クリスタは幾つもの顔を持っている。

ギルベルトは夜のことを思うと、心臓がドキドキしてくる。

最初はしくじったが、それを凌駕《りょうが》して、どんどんクリスタの肉体が蕩《とろ》けていく様は、思い出すだけで身体が熱くなる。征服感にゾクゾクする。

今はまだ彼女は敵であった国の皇帝に対し、反感や嫌悪があるだろう。

でもいつか——きっと心を開かせる。必ずその日が来るはずだ。

ギルベルトは強く自分に言い聞かせていた。

だが、クリスタの部屋に赴《おもむ》くと、彼女は不在だった。

侍女長のアデルが控えていたので、問いただす。

「皇妃はどこだ?」

アデルは目を丸くした。

「え? お散歩の途中で、皇妃様は陛下に大事なご用があるので付き添い不要とおっしゃられて、お一人で行かれました——私たちはてっきり陛下とご一緒なものだと——」

「なんだと? 私のところへは来ていないぞ」

さっとアデルが青ざめた。

「えっ、ではどちらへ?」

ギルベルトの胸はざわついた。

もしかしたら、ギルベルトへの不満が積もって、家出でもしたのだろうか。気の強い彼女のことだから、そのくらいの暴挙に出る可能性はある。

「急いで手分けして探すんだ。皇妃はまだこの城に来て日が浅い。とんでもないところに迷い込んでいないとも限らない」

「御意！」

ギルベルトの命令に、アデルは色を変えてすっ飛んでいく。にわかに城内が慌ただしくなった。

ギルベルトも心当たりを探し回った。

城奥への回廊を急いでいると、落ち葉を掃いている掃除係の男に出くわした。普段、こんな奥まで皇帝が来ることはないので、掃除係は仰天《ぎょうてん》したようにその場にひれ伏す。蜜月が明けてから、正式に城内を案内する段取りだったので、まだ下々の者たちはクリスタの顔を知らないはずだ。

「お前、燃えるような赤毛の色白の美人を見なかったか？」

ギルベルトの言葉に、掃除係はかしこまって答える。

「赤毛の貴婦人なら、私に廃棄物置き場はどこかとおたずねになり、お教えすると、裏庭へ行かれました」

「廃棄物置場だと？　なぜそんなところへ？」

「さあ――大事なものを探しに行くとおっしゃられました」

「わかった。ご苦労だった、仕事を続けよ」

ギルベルトはぱっと駆け出した。

いた。

回廊を抜けて裏庭に出ると、朝方は晴れていたのに、いつの間にか雨がしとしとと降っていた。

「クリスタ、クリスタ?」

ギルベルトは呼びながら薄暗い裏庭を走り抜ける。

不用品を積み上げた廃棄物置き場に辿り着く。壊れたチェスト、椅子、テーブル、本箱、花瓶などが山と積み上がっている。この山のどこかにクリスタが潜んでいるのか? 何を探そうというのだろうか?

雨が次第に強くなってきて、ギルベルトの焦燥《しょうそう》感が募る。

「クリスタ、いるのか? クリスタ!」

声を嗄《か》らして叫ぶと、ふいに不用品の山の中から赤い髪が覗《のぞ》き、ひょこっとクリスタが顔を出した。

「クリスタ! 君、何をしているんだっ」

ホッとしたと同時に、心配させられたことに怒りの声を張り上げてしまう。

クリスタの綺麗《きれい》に結い上げた赤毛は濡れてほつれ、顔も手もドレスも泥だらけの有様だ。

だが、彼女はニコニコしている。

「ギルベルト様」

彼女の手には、見覚えのある古いオルゴールが抱えられていた。

クリスタは何時間も不用品置き場で、オルゴールを探し続けた。

大事な品を注意が足りなくて廃棄処分にしそうになったことを、アデルや他の使用人たちに知られたくなかった。また、彼女たちを通してギルベルトにそのことが報告され、彼の怒りを買うのも辛《つら》かった。

なぜなら、彼から贈られた大事なものを捨ててしまったのは、これが初めてではないからだ。十一年前の苦い思い出が蘇る。自分の軽率な行動を深く反省していた。

だから必死で探し続けたのだ。雨が降ってきたことにも気が付かなかった。

やっと、積み上げたテーブルの間に挟まっていた小箱を見つけた。震える手で中を開けると、幸いにオルゴールには傷ひとつなかった。古びてはいるが、黒檀《こくたん》に細かい花模様の彫刻を施した美しいオルゴールだった。

「ああ、よかった！」

クリスタはうずくまってぎゅっとオルゴールを抱きしめた。

その時、ギルベルトの大声が聞こえたのだ。

「クリスタ、いるのか？　クリスタ！」

どうしてここに？　と思ったが、オルゴールを無事に見つけた嬉しさに、ぴょこっと立ち上がった。

ギルベルトは軽い身のこなしで廃棄物の山を飛び越え、クリスタの目の前に立った。真っ青な顔をしている。

「クリスタ！　君、何をしているんだっ。前にも注意したろう？　皇妃が一人で出歩くなど、もってのほかだ！」

いきなり怒鳴りつけられ、びくりと肩を竦《すく》める。まさかギルベルトが探しに来てくれるとは思わなかった。ほんとうは、彼にバレる前にオルゴールを探し出して、何事もなかった顔で部屋に戻っていたかった。

こうなっては仕方ない。素直に謝ろう。

「ごめんなさい……私の不注意で、大事なオルゴールが不用品として捨てられるところでした。それで、私どうしても見つけなきゃと……」

手に抱えたオルゴールを差し出す。

ギルベルトがまじまじとそれを見る。

「オルゴール――母上のオルゴールか」

「はい」

「これを探していたのか」

「はい」

一瞬、ギルベルトの顔がせつなげに歪《ゆが》んだように思えた。

彼は自分の上着をさっと脱ぐと、それをクリスタの頭からすっぽり被せた。そして、やにわにクリスタを横抱きにした。

「きゃ……」

「とにかく、部屋へ戻ろう。君、びしょびしょじゃないか。風邪を引いてしまうぞ」

お姫様抱っこされる気恥ずかしさに、クリスタは声を強くする。

「ひ、一人で歩けますっ」

「だめだ。君はすぐふらふらどこかに行ってしまう。目が離せぬ」

ギルベルトはぎゅっと強く抱きしめ、そのままさっさと歩き出した。

城内に戻ると、アントンと心配顔のアデル始め侍女たちが、わっと集まってきた。

「ああ、皇妃様、ご無事で！」

「私たちが不注意でした。お許しください！」

彼女たちがどんなに心配したかと思いいたり、クリスタは首を振る。

「あなたたちのせいではないの。私が、軽率でした。ごめんなさい」

ギルベルトが横から口を挟む。

「その通りだ。このように皇妃には放浪癖があるので、以後きっちり見張るようにな」

クリスタは恥ずかしさにかあっと頬を染める。

「何その言い方、野良猫じゃあないんですから」

「今の君は野良猫のようなものだ」

「ひどいわ、そっちこそ人のあとをつけ回して、野良犬みたいではないですか」

「そら、そうやってすぐ爪を出して引っかいてくる」

口調は怒っているようだが、ギルベルトの口角が上がっている。何が面白いのだろう。

するとアントンが軽く咳払いした。

「ええこほん、陛下、そのまま立っていては皇妃様がほんとうにお風邪を召されます」

ギルベルトははっと表情を引きしめた。

「そうだ。すぐに皇妃を湯浴みさせる。アデル、お前たちは居間の方に温かい飲み物と軽食を用意しておけ」

アデルが控えめにたずねる。

「あの――皇妃様のご入浴は、陛下が自ら、ということでしょうか？」

ギルベルトはしたり顔でうなずく。

「その通りだ、一緒に入る。このじゃじゃ馬皇妃を離すと、またどこかへ行ってしまうからな」

彼はさっさと部屋へ向かって歩き出す。アデルが気を利かせ、先に部屋の扉を開けた。

クリスタは一緒に入浴するとか恥ずかしいことを公言されて、じたばたもがいた。

「湯浴みなど一人でしますっ」

「だめだ」

「離して」

「うるさい口だな」

やにわに唇を重ねられた。

「んんっ……」

強く唇を吸われて目を白黒させているうちに、そのまま部屋の中に連れ込まれてしまう。浴室に辿り着くまで、舌を搦《から》め捕《と》られて思いきり吸い上げられ続け、クリスタは甘い痺れに身体の力が抜けてしまった。

そして、安心したのと疲労のせいか、そのままふっと気が遠くなってしまった。


「……ぁ」

ふっと目覚めると、いつの間にかベッドに寝かされていた。濡れたドレスは洗濯したての部屋着に着替えさせられてある。胸のあたりに重みを感じ、顔を向けるとベッドぎわの椅子に座ったギルベルトが、うつぶせるような格好でうたた寝している。

ずっと付き添っていたのだろうか。少し気恥ずかしいが、着替えまでさせてくれたのか。ギルベルトの気遣いと、無防備な寝顔にクリスタは脈動が速まるのを感じた。

枕元に黒檀のオルゴールが置かれていった。

手を伸ばして、そっと蓋《ふた》を開けてみた。

この国の民謡だろうか。素朴だが心に染みる旋律が流れる。

天鵞絨《ビロード》ばりの箱の中に、折り畳んだ書類と小さな陶器の肖像画が入っている。

取り出して開くと、ホルガー帝国皇家の紋様を刷り込んだ便箋《びんせん》だった。そこに、滑るような細い筆記体で短い文章が記されていた。

「未来のギルベルトのお嫁さん。どうか息子を支え、二人で終生幸せに暮らしてください」

亡きギルベルトの母からの手紙だった。肖像画を見ると、見事な金髪と青い目のたおやかな貴婦人が描かれていた。ギルベルトに瓜ふたつで、母皇妃の肖像画に間違いない。

会ったこともない前皇妃からの思いやりある手紙に、クリスタは胸に迫るものを感じた。

「――ん？　母上？」

オルゴールの旋律のせいか、ふいにギルベルトが目を覚ました。彼は眠そうな顔でぼんやりクリスタを見つめ、ふっと微笑んだ。

「なんだ、君か」

ぞんざいな言い方だが、なぜか腹が立たない。

「中に、前皇妃様からのお手紙が入っていました」

便箋をギルベルトに示すと、彼は受け取りその文面をじっと見た。

「母上は辺境国の王女だった。母上も父上とは政略結婚だったのだ。だが、二人は仲睦《なかむつ》まじく、母上の死の瞬間まで、父上は母上を愛《いと》おしんでいた。両親は私にとって理想の夫婦像だった」

「そうなのですね」

しみじみと思い出を語るギルベルトの表情は柔《やわ》らかい。

嫁ぐ前は仇国《きゅうこく》の皇家に反感もあったが、こうして聞くと、自分たちの家族と同じように、慈しみ合い暮らしてきたのだな、と思う。クリスタの胸に優しい感情が込み上げる。

ギルベルトは手紙を丁寧に折り畳むと、陶器の肖像画とともにオルゴールの中にしまい、蓋をそっと閉じた。素朴な音楽がぴたっと止まり、ギルベルトの規則正しい息遣いがはっきりと感じられて、急に体温が上がるような気がした。

彼はまっすぐクリスタを見下ろしてくる。

「クリスタ。長年敵対していた国の王女と皇帝である私たちが、急に親密になるのは困難なことかもしれない。だが、こうして結婚したのも何かの縁だ。ゆっくりでいい、少しずつ夫婦になっていかないか?」

「少しずつ夫婦に……」

「両国の友好と利益のために、表向き仲の良い夫婦を演じようと言い出したのは私だが、これから先の長い人生、それではあまりに味気ないではないか。君は私のことが好きではないだろうが、できる限り、君の気持ちに寄り添うように努力する。少なくとも、結婚式の祭壇の前で誓った言葉に嘘はない」

「――誓いの言葉って」

結婚式の時はギルベルトに心ない言葉を投げつけられたと悲嘆にくれていて、ろくに宣誓の言葉を聞いていなかった。

ギルベルトがクリスタの左手に自分の左手を重ねる。二人の結婚指輪が触れ合う。

彼が低く滑らかな声でつぶやく。

「健やかなる時も、病める時も、富める時も、貧しい時も、互いに敬い、慈しみ、助け、その命ある限り妻に誠実に尽くすことを誓う」

深い青い瞳に見つめられ、改めて結婚の誓いの言葉を聞き、クリスタの胸は熱くなった。

でも、あの金髪と青い目の美しいギルベルトの母皇妃の姿を思い出すと、自分の容姿はあまりに見劣りする。

「ギルベルト様……私、あなたの理想の妻にはなれないかもしれないです」

自信なさげに言う。

重ねたギルベルトの手が、きゅっと握ってくる。

「それは私も同じだ。君の理想の夫にはなれないかもしれない」

こんなに真剣に話しかけられたのは初めてで、ドキドキしてくる。

「でも、努力しよう」

クリスタも素直にうなずけた。

「私も、努力します」

ギルベルトがニコリと微笑んだ。輝くような笑顔だ。

きゅーんとクリスタの心臓が甘く痛んだ。

その時——ああ私はずっとこの人が好きだったのだ、と気が付く。

十一年前、初めて出会った時から、ギルベルトに恋していたのだ。

でも、敵国の皇太子に意地悪いことをされたと思い、怒りが先に立ってしまった。ほんとうの気持ちを見失ってしまったのだ。

再会した時にも、からかうような態度を見せられ、さらに意固地になってしまった。

しかしギルベルトにしてみれば、好きでもない敵国の王女と結婚することになって、優しい気持ちにはなれなかっただろう。

なんだか今なら気持ちが言えそう。

クリスタは口から心臓が飛び出しそうなほど緊張したが、ごくりと唾を飲み込むと、思いきって口を開こうとした。

「あの、ギルベルト様、私……」

「手が氷のようだな。冷えたまま寝かせてしまったのがいけなかったな」

ギルベルトがクリスタの手を撫《な》でてつぶやいた。

「では、目も覚めたことだし入浴だ」

やにわに抱き上げられた。

「きゃあっ」

身体が宙に浮き、クリスタは悲鳴を上げてしまう。

ギルベルトは満足げに言う。

「君を湯浴みさせると、侍女たちに宣言したしな。遂行せねば」

「そんな宣言、私は了解してませんからっ」

すたすたと浴室に向かうギルベルトに、クリスタは焦《あせ》ってもがいた。

するとギルベルトが耳元に熱い息を吹きかけながら、言い聞かすようにささやく。

「夫婦になるために、努力するんだろう?」

「う――でも、一緒に湯浴みなんかしなくても」

「親交を深めるには裸の付き合いが、一番手っ取り早いさ」

ギルベルトは浴室に入ると、クリスタの部屋着を手際よく脱がせていく。あっと言う間に全裸に剝かれ、再び抱き上げられて浴室の中に運ばれた。

紅白のモザイク模様のタイルが美しい広い浴室の中央の獅子脚の広い浴槽には、なみなみと湯が張られてあった。ギルベルトはその中に、とぷんとクリスタを下ろした。

「あ……」

ほかほかした湯の温かさに、初めて自分の身体がずいぶんと冷えていたことに気がつく。

「さあ、洗ってやろうか」

ギルベルトが妙に張り切った声を出し、自分の衣服をぱっぱと脱いでいく。

「きゃっ」

明るい浴室でギルベルトの裸体を見せつけられ、クリスタは顔の半分まで浴槽に深く沈み込んで目を伏せた。

浴室の傍にしゃがみ込んだギルベルトは、手のひらで湯を掬《すく》ってはクリスタの細い肩に掛けてやっていたが、肩に触れると眉を顰めた。

「まだ冷たいな」

おもむろに身を起こしたギルベルトは、ざぶりと浴槽に入ってきた。そのまま腰を下ろしクリスタを後ろ抱きにする格好になる。二人分の重みで、浴槽の湯がざあっと溢《あふ》れ出た。

「あ——」

「さあ、もっとぴったりくっつくんだ。温めてやろう。肩の力を抜け」

背後から抱きしめられ、クリスタは慣れない行為に身を強張《こわば》らせてしまう。

「だ、だって……」

ギルベルトがクリスタのうなじに口づけをしてきた。

「や、擽ったい」

クリスタが身を捩ると、ギルベルトは耳元で深みのある声でささやく。

「母上のオルゴールを探してくれて、ありがとう」

今夜のギルベルトはやけに素直な感じで、クリスタはますますドキドキしてしまう。恥ずかしくて、つい強がってしまう。

「いいえ、私の不注意ですから責任があります。それに、後であなたになんて言われるかわからないですもの」

「ふふ、そうだな。もし紛失でもされたら、特大の雷を落としたところだ。でも嬉しかったぞ」

お湯に浸《つ》かって寛いでいるせいか、ギルベルトの態度はひどく親しげだ。

自分の恋に気がついてしまったクリスタは、優しくされて内心嬉しくて仕方ない。

身体の力を抜き、甘えるようにギルベルトの方にもたれかかった。柔らかな尻を、ギルベルトの下腹部に押し付ける形になった。

「お、積極的だな。さっそく理想の夫婦の実践というわけか？」

ギルベルトが声を弾ませる。同時に、尻に触れていたギルベルトの陰茎が、みるみる硬化してくる。

「えっ、速い」

あまりに素早く勃起したので、クリスタは思わず声を上げてしまう。

ギルベルトが自分の欲望でクリスタの尻を撫で回した。

「君が刺激するからだ」

「ち、違います。そ、そんなつもりでは……」

「そんなもこんなも、裸で君とくっついていて、欲情するなという方が無理だ」

ギルベルトは両手を前に回し、湯の上にふわふわ浮いているクリスタの豊かな乳房を包み込んだ。

「こんなに柔らかい乳房が目の前にあって、触れないわけにはいかない」

きゅっと乳首を摘まれて、クリスタはびくんと腰を浮かせた。

「あ、ん、やめ……ちょっと、ギルベルト様、あなた、はじめからいやらしいことを、するつもりだったのではないでしょうねっ……ぁ、あ、っん」

きゅうっと抓《つね》られた乳首を今度は指の間で繊細な力ですり潰され、きゅんきゅんと甘い痺れが下腹部に走る。抗議の声に、甘く媚態《びたい》を含んだ響きが混じってしまう。

「ふふ、どうかな？」

ギルベルトは乳首を刺激しながら、クリスタの耳朶を甘く噛み、耳殻に沿ってねっとりと舌を這わせてきた。クリスタは耳がひどく感じやすい。耳裏からゆっくりと耳孔にかけて彼の舌が行き来すると、ぞくぞく背中が慄《おのの》く。

「あ、ぁあ、やぁ、耳、しないで、あぁ、んぁあん」

身を竦めて与えられる刺激に耐えているが、官能の悦びを知り始めた肉体は、どんどん淫らに欲情していく。

ギルベルトの片手がゆっくりと脇腹を撫で下ろし、太腿のはざまをまさぐった。長い指先でくちゅりと花弁《かべん》を暴《あば》かれ、腰が浮く。

「なんだかここがぬるぬるしている。お湯のせいではないようだな」

ギルベルトは蜜口《みつくち》の浅瀬をゆるゆるとかき回し、そのまま陰唇の上辺に佇む秘玉《ひぎょく》に触れてくる。

「あっ、ん、やあっ」

すでに芯をもって膨れ始めた陰核をこりこりと転がされると、甘い疼きにビクビクと下腹部が震えてしまう。

「はあっ、ん、はぁ、だめぇ、そこ、だめ……ぇ」

口では拒んでみたものの、花芽《かが》を刺激される強い愉悦に、子宮の奥がつーんと甘く痺れていく。猥《みだ》りがましい疼きをやり過ごそうと、腰をもじもじ振り立てると、背後にぴったりと密着しているギルベルトの下腹部に柔らかな尻肉が当たってしまう。

心ならずもギルベルトの欲望を余計に刺激する形になってしまい、屹立《きつりつ》はさらに膨らみガチガチに硬くなっていく。

「ふ——誘い方もうまくなったじゃないか」

ギルベルトが息を乱し、薄く笑う。

「違います、誘ってなんか、あ、あぁっ、あぁん……だめぇ」

浴槽の中での背徳的な行為に羞恥心が高まるが、じんじん凝《しこ》った乳首と、ぷっくり膨れた秘玉を同時にいじられると、どうしようもなく感じ入ってしまう。

全身がかっかと火照《ほて》ってくる。頭がぼうっとしてくるが、湯でのぼせたわけではないようだ。

耐えがたい愉悦があっと言う間に昂《たかぶ》り、クリスタは一人で達してしまいそうな予感にいやいやと首を振る。

「あっ、あ、だめ、あ、ギルベルト様、だめ、もう、あ、もう……は、早い、もうっ、だめえっ……」

思わず腰を引こうとしたが、ギルベルトの長い脚が素早くクリスタの両脚に絡んで押さえつけてしまう。

「いいよ、達《い》っておしまい」

ギルベルトは秘玉を撫でる指の動きを速めた。ぐんぐん快感が高まり、クリスタの意識は抗《あらが》いがたい官能の波に押し流されてしまう。

「あ、あ、だめ、あ、そんなにしちゃ……やぁ、あ、あ、あぁぁっ」

膣壁がきゅうっと締まり、痺れる絶頂感にクリスタは四肢を強張らせる。

「あ、はぁ……ぁ、あ、やだ……達っちゃった……ぁ」

くたりとギルベルトの身体にもたれかかり、クリスタは消え入りそうな声を出して忙しない呼吸を繰り返す。

「すぐ達けるようになったね、どんどん感じやすい身体になって」

ギルベルトは嬉しげな声を出し、媚肉のはざまにぬくりと節高な指を押し入れてきた。

「あん、あ、あぁ、あ……」

くちゅくちゅと柔襞を擦られ、新たな快感が押し寄せて、クリスタはせつない声を上げて身悶える。熟れた内壁は、嬉しげにギルベルトの指をしゃぶり咥《くわ》え込み、もっと奥へと引き込もうとする。

ギルベルトは隘路《あいろ》の浅瀬でゆっくり指の抜き差しを繰り返し、それ以上奥へは挿入してこない。明らかに焦《じ》らしているのだ。

「あ、やぁ、あ、あぁ……ん」

一度火がついてしまった官能の炎はもはや抑えがたく、クリスタの内壁はもっと淫らに恥ずかしいことをしてほしくて、きゅうきゅうと蠕動《ぜんどう》する。もっと奥に欲しくて、尻を背後に押し付けると、その動きに合わせてギルベルトの指はするりと逃げていく。

「あ、あ、ギルベルト様、ね、ねぇ、ねぇ……」

クリスタは涙目で肩越しにギルベルトを振り返った。

「なんだい？　クリスタ」

ギルベルトの端麗な顔は憎らしいほど落ち着いている。

クリスタは恨めしげにギルベルトを睨んだ。

「意地悪……ね」

「私が意地悪ってことは、最初から知っているだろう？」

ギルベルトが涼しげな声で答える。

「もうっ、お願い……ギルベルト様、お願い……」

「なんだい？　我が妻よ」

わかっているくせに、ぎりぎりまでからかってくる彼が、小憎たらしい。

クリスタはそろそろと右手で背後を探る。

硬くそそり勃つ男根に触れると、やんわりとそれを握った。太い血管が無数に浮いた雄々しい屹立が、手の中でビクビクと脈打つ。その感触に、子宮の奥がさらにざわつく。

「これを……」

恥ずかしさにそれ以上は口にできない。

「ん？　これって？」

クリスタに触れられたせいか、ギルベルトの声が欲望に掠れている。でも、まだ彼は平静を装っている。

ついにクリスタの方が根負けした。

きゅっきゅっと右手でギルベルトの灼熱の欲望を扱《しご》きながら、焦《じ》れったげに身を捩った。

「ギルベルト様のが、欲しいの。この大きなモノを、私の中に挿《い》入れてくださいませ……っ」

はしたない言葉を口にすると、羞恥が興奮をかき立て、さらに劣情が高まってしまう。

「これが、欲しいんだね？」

ギルベルトがクリスタの尻にぐりぐりと剛直を押し付けてきた。

「は、はい……」

クリスタは真っ赤な顔でこくこくとうなずいた。

「では、浴槽に手をついて、お尻をこちらに向けて私を誘ってごらん」

ギルベルトはさらにはしたない行為を要求してくる。

「そんな……」

絶句すると、彼はぬるっと指を抜き取ってしまった。

「あっ……んん、ひどい……っ」

このままでは生殺しだ。身の内に溜まった欲望が破裂しそうで、苦しいくらいに追い詰められていた。

クリスタはゆっくりと身を起こすと、言われたままに浴槽の縁に両手をつき、尻を後ろに突き出した。そして、ギルベルトに見せつけるように白い尻肉を揺らす。

「ギルベルト様、お願い、早く、ここに挿入して……お願いですっ」

ギルベルトが感に堪《た》えないような声を漏らす。

「なんていやらしくて美しいんだろう、クリスタ。君の開いた花びらが、真っ赤に熟れてひくひくしている。たまらないね」

ギルベルトがざあっと湯を零して、立ち上がった。

彼の両手がクリスタの細腰を抱える。

ぬるっと屹立の先端が花弁を擦った。

「あ、ん、熱い……」

痺れる甘い疼きに、クリスタは甘い鼻声を漏らす。

「君が欲しいのは、これ？」

まだ焦らすように、先端がぬるぬると陰唇を擦る。その行為だけで、はしたない期待に目の前がクラクラした。

「そうです、早く、早くもう、ここに、早くぅ」

焦れに焦れたクリスタは、さらに後ろに尻を突き出した。

「クリスタ」

吠えるような声で名前を呼ぶと同時に、ずくりとギルベルトの充溢《じゅういつ》したモノが押し入ってきた。

「ああ、あああああっ」

傘の開いた先端が蜜口をくぐり抜けただけで、クリスタは瞬時に絶頂に飛んでしまう。

ギルベルトがそのまま一気に貫いてきた。

「あー、あああぁあーっ」

最奥《さいおう》まで突き上げられ、クリスタは再び達してしまう。

ギルベルトはゆっくりと腰を引き、亀頭の括《くび》れぎりぎりまで引き抜いて、再びずん、と思いきり挿入してきた。

「はああっ、あぁあ」

脳芯まで快楽に白く染まり、また達してしまう。

子宮口の入り口まで届いた先端を、クリスタの濡れ襞がやわやわと包み込む。

「熱い、君の中。ぬるぬるで柔らかいのに、きつく締めて。気持ちいいよ、クリスタ。最高に気持ちいい」

艶《つや》めいたバリトンの声でそう言われ、背骨まで甘く震えた。

「クリスタ、クリスタ」

名前を呼びながら、ギルベルトが熱い肉楔をゆったりとした動きで抜き差し始める。

「あぁ、は、はぁ、あぁ、はぁあ」

待ち焦がれた熱く硬い感触の心地よさに、クリスタは甲高《かんだか》い嬌声《きょうせい》を上げてしまう。

「は、クリスタ、はあっ、あぁ、いい、よ」

ギルベルトも淫らに唸《うな》る。

明るい浴室の中は、声がよく響き渡り、平常心なら羞恥で死にたくなるだろう。

でも今は、二人の乱れた息と喘《あえ》ぎ声、粘膜の打ち当たる音、飛び散る水音、全てが快感を増幅させる刺激でしかなかった。

背後から突かれると、ギルベルトの膨れた陰嚢《いんのう》が花弁の下方をリズミカルに叩き、背徳的な愉悦がさらに増す。膨れた先端が挿入される時に、秘玉の裏側をごりごりと擦っていくのもたまらなく気持ちいい。

「はぁ、あ、あぁ、い、いい、気持ち、いい……っ」

素直に感じていることを口にすると、ギルベルトの欲望がどくんとひと回り大きく膨れる。かさを増した欲望が、蠢動《しゅんどう》するクリスタの媚肉をみっしりと埋め尽くし、その膨満感に息が止まりそうになる。

「いいのか、クリスタ、気持ちいいんだね、君が感じてくれると、私も悦《い》い——っ」

ギルベルトは吐精感に耐えるようなせつない声を漏らし、クリスタの尻肉を強く掴み直し、がつがつと腰を穿《うが》ってきた。

「あっ、あ、あ、すごい、あ、すごいぃ」

強い衝撃に、いつもよりもっと奥まで届いているような気がした。

「いいのか？　これはどう？」

ギルベルトは深く挿入したまま、腰をぐるりと押し回した。

「はぁ、あ、それ、いい、あぁ、深いのぉ」

「これはどうだ？」

今度は挿入したまま身体を小刻みに揺さぶってくる。その振動は脳天まで響き、えもいわれぬ快感を生み出す。

「それも、いいの、あぁ、気持ち、いいっ」

もはやなけなしの理性は吹き飛び、自分が自分でなくなるような乱れ方をしてしまう。

そのうち、最奥の方でこれまで感じたことのない深い愉悦が生まれてくる。尿意のような耐えがたいのに、隘路全体が痺れる快感だ。

「あ、や、怖い、奥……っ」

クリスタはぶるりと総身を慄かせた。

「奥が？　ここかい？」

ギルベルトはクリスタが恐れる箇所を見つけ、そこばかりを執拗《しつよう》に深く抉《えぐ》ってきた。

「やあっ、だめぇ、そこ、だめ、あ、あ、ぁ、だめぇ」

何かが決壊し、溢れてきそうな予感にクリスタは怯《おび》えた。脚がぶるぶると震え、立っていられないほどだ。

「何か、来るの、あ、だめぇ、何か、あ、漏れて……っ」

粗相してしまいそうな感覚に、クリスタは真っ赤な髪を振り乱し、いやいやする。だが、その恐怖と裏腹に媚悦《びえつ》がぐんぐん高まってくる。

「ここがいいんだね、クリスタ。すごく吸い付いて——」

ギルベルトは深く息を吐き、ずんずんと力任せに弱い箇所を突き上げた。

瞼の裏でばちばちと愉悦の火花が飛び散り、四肢から力が抜けてしまう。それなのに、媚肉だけは貪欲にギルベルトの太竿を締め付け、彼をも追い詰める。

「だめ、こんなの、初めて、あ、だめぇ」

感じすぎて、眦《まなじり》から喜悦の涙がポロポロ零れる。

「おかしくなって……あぁ、変になっちゃう、あ、だめ、も、もうっ」

甘く泣きながらクリスタは最後の絶頂を極めた。

子宮口はギルベルトの欲望をさらに奥へ引き込むのに、媚肉全体は押し出そうとするような蠢動を繰り返す。

「く——もう、私も——終わる、クリスタ、出すぞ、君の中にっ」

クリスタの尻肉を摑むギルベルトの手に、ぐっと力が籠《こも》った。

直後、ギルベルトも極める。

「ああああぁ、あああーっ」

真っ白な絶頂に包まれ、クリスタは全身で強くイキんだ。

クリスタの最奥に、どくどくとギルベルトの白濁《はくだく》の欲望が大量に吐き出される。

同時に、クリスタの中から何かさらさらした熱い液体が吹き零れた。溢れたそれが、二人の結合部をびしょびしょに濡らす。

「あ、あぁ、あ……」

自分に何が起こったのかわからない。

ただ、深い幸福感だけがそこにあった。

「――は、はあ、は――」

ギルベルトはクリスタにぴったり寄り添ったまま、浅い呼吸を繰り返した。

「ああ――こんなに悦いなんて」

彼の感じ入ったつぶやきに胸が熱くなり、クリスタの熟れ襞がじわじわと窄まり、まだ硬度を保っている肉棒を締め付けてしまう。

「ふ――クリスタ、まだ足りないって、ここが言っている」

媚肉の淫らな動きを感じて、ギルベルトはため息で笑う。クリスタは羞恥でかあっと頬が火照るのを感じた。

「ち、違うわ、そんな……」

「いいんだ、私だって、まだいくらでもできる」

ギルベルトは力の抜けたクリスタの腰を抱え上げ、繋がったまま彼女の身体を横抱きにした。浴槽の縁にクリスタを寝かせ、クリスタの片脚を肩に担ぐように持ち上げる。

「あっ……」

結合部が丸見えになって、クリスタは目を見開く。

「ふふ、君の恥ずかしいところが全部見えているよ」

「や、やぁ、見ないで……」

クリスタは快感の余韻でまだ力が入らず、弱々しく首を振ることしかできない。

「だめだ、存分に見てやろう」

ギルベルトが嗜虐《しぎゃく》的に笑い、ゆっくり腰を引く。男根が括れの根元まで引き抜かれると、白濁液と愛液の混じったものがかき出され、こぽりと溢れ出た。

「ああすっかりぐちゃぐちゃだ――なんていやらしいんだろうね」

「いやぁ、見ないで、いやぁん」

恥ずかしいのにギルベルトの視線を感じるだけで、蜜口がひくひく蠢《うごめ》いてしまう。

「ほら、もっと欲しいって言っている」

ギルベルトが再び腰を沈めた。

「あっ？　あぁ、あぁあっ」

何度も極めたというのに、クリスタの内壁は歓喜してギルベルトの剛直を受け入れてしまう。

「あ、あぁ、挿入《はい》って、あぁ、挿入ってくるぅ」

「熱くて、ぬるぬるで、君の中、最高に悦いよ」

ギルベルトは酩酊した声でつぶやき、次第に抽挿《ちゅうそう》を速めていく。

「あっ、あぁん、あ、もう、やだぁ、あぁあぁ、んんぅ」

熟れに熟れた蜜壺《みつつぼ》は、ギルベルトの欲望を蕩かしてしまうほどに熱く燃え上がり、もはやクリスタは淫らな本能を抑えきれない。

「あぁ、あぁん、ギルベルト、様、あぁ、また達っちゃう、達っちゃうのぉ……」

「いいよ、クリスタ、何度でも達かせてやろう」

「あぁん、あ、あぁ、あぁあぁっ」

奔放な嬌声を上げながら、クリスタの意識は愉悦の波に呑《の》み込まれた。


オルゴールの一件以来、ギルベルトとクリスタの間を隔てていた壁が一枚なくなったような気がした。

ギルベルトは相変わらず軽口を叩いたり意地悪を言ったりしてきて、クリスタをしきりにからかうのだが、以前より腹が立たなくなっていた。

ギルベルトに心底嫌われているのではないと知って、彼を慕うクリスタの気持ちに余裕が出てきたせいかもしれない。それとも、甘い夜の睦み合いが、全てのこだわりを蕩かしてしまうせいかもしれなかった。

ニンジン色の部屋も、見慣れてしまうと暖かな色合いでそれほど悪くないと思えた。

いずれにせよ、ホルガー帝国での生活に、クリスタは徐々になじみ始めていた。

ヨッヘム王国の従兄弟のモロー公爵からは、たびたび安否を気遣う手紙が届いていた。彼はいつでも離縁して戻ってきてもよいとまで言ってくれていたが、クリスタは、

「私はホルガー帝国の皇妃として務めをまっとうする覚悟です」

と、きっぱり断りの書簡を送った。

数日後、モロー公爵からまた手紙が届いた。

「あなたの覚悟は立派だが、やはり敵国で孤立無援でいることが心配だ。近々、あなたを訪ねてそちらに赴こうと思う」

嫁いで以来身内の人間に会うことがなかったので、クリスタは懐かしさに心が浮き立った。

モロー公爵に心待ちにしているとの返事を送った。

第三章　失態

「新婚旅行は海に決めた」

クリスタが嫁《とつ》いできて三ヶ月が経とうとするある朝、朝食の席でギルベルトが切り出した。

クリスタはぱっと顔を綻《ほころ》ばせる。

「まあ嬉しい！」

自分の希望が通ったので、両手を打ち合わせて満面の笑顔になってしまう。その様子を、ギルベルトは目を眇《すが》めて見ていたが、さっそく戯言《ざれごと》を言う。

「海には象より巨大な魚がいて、時には船ごと呑《の》み込んでしまうというぞ」

海の知識がまったくないクリスタは、顔色を変えた。

「えっ、怖い」

ギルベルトがすかさずにやりとする。

「だが、魚は野菜が嫌いだから、ニンジン色の君だけは吐き出すかもしれないね」

また冗談でからかわれたのだ。以前なら、劣等感を持っている髪のことをいじられるとすぐにカッとなってしまったが、今は切り返す余裕もある。

「そうね、で、あなたは魚の胃袋の中で溺れてしまうのかしらね」

「む――」

ギルベルトが押し黙ったので、クリスタは思いもかけず弱みをついたのだと悟った。

「あら？　もしかして、運動能力抜群と評判の皇帝陛下は、泳ぎがおできにならないの？」

勢いに乗って言い募ると、ギルベルトの耳が赤く染まった。

「――人間は大地を歩くものだ。泳ぎなど必要ない」

「負け惜しみね」

ふいにギルベルトがナプキンをテーブルに放り投げ、立ち上がる。

「だから海なんか嫌いなんだ――お先に失礼。近々大事な国賓が来訪するので忙しいからな」

彼は捨て台詞《ぜりふ》を残して、ぷいっと食堂を出て行ってしまった。

「あ、ギルベルト様――」

冗談よ、と言う間もなかった。そんなに不機嫌にならなくても、と思う。

「……」

せっかくの新婚旅行の話が後味の悪いものになってしまった。

ほんとうは、ギルベルトともっと心を近づけたいと思っているのに。ギルベルトが絡んでくるから、ついつい噛み付いてしまう。所詮、政略結婚、好き同士で結ばれたわけではないから、ギルベルトも意地悪くなってしまうのかもしれない。噛み合わない二人の会話に、クリスタはしゅんとしてしまう。

午後、クリスタの部屋を侍従長のアントンが訪《おとず》れた。

彼はいつも、クリスタ宛の書簡やその他サインが必要な政務書類を持ってくる。有能で穏やかなアントンは、この国のしきたりや慣習に不慣れなクリスタに、懇切丁寧に説明してくれる。クリスタがこの国で心を許せる数少ない人物だ。

ひと通りの執務が終わると、アントンは最新のドレスのデザイン画を何枚か取り出してクリスタに示した。

「皇妃様、月末にアダン王国の第一王女エレオノーラ様が親善のため、来訪なされます。そのお迎えのための新しい礼装ドレスをお選びください。皇帝陛下が吟味なされた選りすぐりのデザインばかりです」

「ギルベルト様がおっしゃっていた大事な国賓って、その王女様のことね。わかりました」

確かに素晴らしいデザインばかりで、クリスタはギルベルトのセンスのよさを改めて実感する。なんだかんだと言って、きっちり夫としての役割は果たしてくれる。クリスタはデザイン画を見比べながら、何気なくアントンに言う。

「あの、アントン。ギルベルト様は、執務室で不機嫌ではなかったかしら？」

アントンが見ていた書類から顔を上げた。

「いつもとお変わりなく、政務に励まれておいでです。なぜですか？」

自制心の強いギルベルトは、公務の場では私生活の不満は表に出さないのだろう。

「いえ、ならいいの。ちょっと新婚旅行のことで揉めてしまったので」

「大洋への船旅のことでですか？」

「ええ……私は海を見たことがないので、楽しみにしているのだけれど、ギルベルト様は海を毛嫌いなさっているようだから、私の希望はいやがらせに思えているのかもしれないわ」

アントンは片眼鏡を持ち上げる。

「なぜそのように？　陛下は皇妃様のお気持ちを、いつでもとても尊重なさっておいでですよ」

「え？　まさか、そんなこと――」

アントンにはそう見えるのか？　信じられないといった気持ちが顔に出た。アントンはじっとこちらを見ていたが、少し居住まいを正した。

「このお話は、皇妃様のお胸にだけ収めていただけますか？　陛下のお心の傷の問題なので」

クリスタは真剣な面持ちでうなずいた。

「ええ、わかったわ」

アントンはぽつりぽつりと語り出す。

「あれは、陛下が七歳の頃でした。前皇妃様と幼い陛下は、夏の休暇旅行で海での船旅にお出かけになったのです。運の悪いことに、嵐に遭遇してしまい、船はあわや沈没という危機に陥《おちい》り、陛下はデッキから暴風に飛ばされて、海に落ちそうになられました」

クリスタは息を呑む。

「まあ――！」

「とっさに、前皇妃様が陛下の手を取り、引き上げて救おうとなされました。陛下は危ういところでデッキに引き上げられましたが、その代わりに前皇妃様が海に落ちてしまわれました。前皇妃様は溺れる寸前で助かりましたが、それ以降、すっかり体調を崩されてしまわれて――翌年にご逝去なされました。ですので陛下は、海に辛《つら》い思い出がおありなのです」

「なんてお気の毒に……知らなかったとは言え、私はとても無神経なことを言ってしまったのね」

その時のギルベルトの心情を思うと、クリスタは胸がきりきりと痛んだ。

アントンはクリスタの気持ちを引き立てようとするように、少し強い口調で言う。

「いいえ、皇妃様。陛下はそれでも、海洋旅行をお選びになられました。それほど、皇妃様のご意思を尊重されているのですよ」

その言葉に、クリスタは考え込む。

「ほんとうに？　私の意見を通すことで両国の友好関係を維持しようと、無理をなされているのではないの？」

アントンが首を横に振る。

「そのように皇妃様は感じておられると陛下がお知りになったら、大変悲しまれるでしょう。陛下は、少しばかり不器用でいらっしゃるだけなのです」

「あんなに容姿端麗で文武に秀でておられる方が？」

「誰にでも、得手不得手はございます」

「ギルベルト様の不得手って、なんなの？」

アントンがにこやかに答えた。

「それは——皇妃様から陛下に直にお聞きになられたらよろしいかと」

クリスタは頬を染める。

「そんなこと聞いたって、『私はニンジンが苦手だ』とか言うに決まってるわ。私にいつも当てつけを言うんだもの」

すると、アントンがクスッと笑いを漏らしたのだ。

クリスタは耳朶《じだ》に血が上るのを感じた。アントンはすぐに真顔になった。

「これは大変失礼いたしました。しかし皇妃様、陛下には決して悪意はございませんよ」

「じゃあどうしていつも、私をからかったり意地の悪いことを言ったりするの？」

「それは――陛下が皇妃様をお可愛《かわい》らしいとお思いだからでしょう」

クリスタは目を丸くした。

「ちっともそんな風に見えないわ」

アントンは考え込むように首を傾けた。

「陛下の不器用さにも困ったものです」

クリスタは我が意を得たりとばかりに身を乗り出した。

「でしょう？　心の底では、元敵国の王女の私に不満がおありなのだわ」

そこまで口にしてから、皇妃として皇帝の悪口など言うべきではないと気がつく。

「ごめんなさい、アントン。今の言葉は忘れてください。愚痴を言いすぎました。あ、ドレスはこのデザインのものを仕立てるよう、お願いします」

クリスタは居住まいを正し、堅苦しい態度でアントンに選んだデザイン画を手渡した。

「承知いたしました。さっそく、採寸に皇帝家付きの仕立て屋を手配いたします」

アントンはデザイン画を受け取ると、席を立った。

退席する際、彼はちらりとクリスタの方を見遣った。その眼差しは微笑ましげだったが、自分の考えに耽《ふけ》っていたクリスタは、気がつかないでいた。

アントンが立ち去ると、クリスタはクローゼットのところに行き、棚の一番奥に押し込めてある小さな宝石箱を取り出した。幼い頃に誕生祝いに母王妃から贈られたもので、クリスタは大切にしている。お気に入りのアクセサリーや思い出深い手紙などをこの宝石箱にしまってある。嫁ぐ時も、大事に持参してきた。

そっと蓋《ふた》を開け、一番底に潜ませてある古い金の指輪を取り出す。

それは、十一年前、少年のギルベルトが少女のクリスタに渡そうとした指輪だった。

あの時、劣等感を持っている髪の毛のことをからかわれたと思いカッとなって、思わず庭に投げ捨ててしまった。今思えばギルベルトが激怒したのも無理はない。

実は、ギルベルトが出立した後で、クリスタは自分の行いを反省し、必死で指輪を探したのだ。幸い茂みの奥に落ちていた指輪を見つけ出し、大事にしてきた。

いつかギルベルトに返したい。そう思ってきた。

だが、嫁いでからもなかなかギルベルトと心から打ち解けられず、いまだに手元にある。

ギルベルトの母皇妃の早世の事情を知り、大事な形見の指輪をくれようとした彼の心情を思うと、改めて胸が痛んだ。あの時、ギルベルトはほんとうに仲直りしたかったのかもしれない。

「ギルベルト様……」

クリスタは指輪をぎゅっと握りしめる。

せつない。

一番身近にいる恋しい人に、大事にされていても愛されてはいないのだという思いが、クリスタの心をかき乱す。

月末、アダン王国の第一王女エレオノーラが親善の目的で来訪した。

アダン王国はホルガー帝国、ヨッヘム王国に次ぐ国力がある。ホルガー帝国とヨッヘム王国が敵対していた時期には、ずっとホルガー帝国と同盟を結んでいた。

今回のギルベルトとクリスタの結婚により、大陸の勢力図が大きく変わった。アダン王国側は、今のホルガー帝国の動向を探る目的もあってエレオノーラ王女を送り込んだようだ。

クリスタにとっては、結婚後初めての国賓の出迎えだ。

相手が王女なだけに、同じ女性として皇妃の自分がしっかりと接待をせねばならない。クリスタは身が引きしまる思いだった。

当日、新調した純白のドレスは、クリスタの美しさを全て引き出すような完璧な仕上がりだった。クリスタの可憐《かれん》な雰囲気を生かす、ふんわりとスカートが広がった軽いシフォンドレスだ。透け感のある白色に艶《つや》やかな赤い髪が一層引き立つ。

支度を終えて、少し緊張した面持ちで、エレオノーラ一行を出迎えるために正門前に赴く。

大勢の臣下たちを従え、すでに天幕の下で簡易椅子に座って待機していたギルベルトが、クリスタの姿を見て素早く立ち上がった。

「来たか、クリスタ」

今日の彼は、クリスタのドレスに合わせたかのように白い礼装軍服姿だ。ピカピカに磨いた黒革の長靴に腰にきりりと巻いた真紅のサッシュが、さらに彼の格好よさを引き立てている。

完璧に美しいギルベルトの姿にクリスタの胸はドキドキとときめいた。

それに比べて自分の格好はどうだろうかと、不安にもなる。

ギルベルトは片手を差し出し、クリスタを自分の横にまねき寄せ、満足げにうなずいた。

「うん、やはり私の選んだドレスが正解だな。とても綺麗《きれい》に仕上がっている」

いかにも自分の手柄のように言われ、クリスタはかちんときてしまう。

「馬子にも衣装、と言いたいのでしょう？」

唇をツンと尖らせると、ふいにギルベルトが身を屈《かが》めてさっと唇を奪ってきた。

「な——」

ギルベルトがにやりとする。

「我が皇妃よ、今日も麗しい」

「え？」

いきなり褒められて、クリスタはきょとんとする。するとギルベルトが片目を瞑《つむ》った。

「公には夫婦円満を装うはずだろう？」

「う——そうでした、はい」

臣下たちの手前、クリスタは何も言えない。

作り笑いを浮かべ、ギルベルトに寄り添った。

ほどなくして、煌《きら》びやかな馬車が跳ね橋を渡って正門へ向かってきた。

「アダン王国第一王女エレオノーラ殿下、ご到着です！」

案内係の侍従が声を張り上げ、アダン王国の侍従が馬車扉の下に踏み台を置いた。ゆっくりと馬車の扉が開く。ギルベルトが素早く馬車の前に移動した。

馬車を降りてくるエレオノーラ王女に、ギルベルトが優雅に手を差し出した。

「ぁ」

馬車から降り立ったエレオノーラ王女を見て、クリスタは思わず声を上げてしまう。

豊かな金髪の巻き毛が優美に揺れ、憂いを帯びた青い瞳、彫像のように整った美貌、四肢はすらりと長く、女性らしいメリハリのある身体つきを真紅の豪奢《ごうしゃ》なドレスが引き立てている。そして威厳あるものごし。

十八になるというエレオノーラ王女は、絶世の美女であった。

「皇帝陛下、お出迎え感謝します。エレオノーラでございます。お久しぶりですわね」

エレオノーラは婉然とギルベルトに微笑んだ。落ち着いた気品ある声色だ。

「エレオノーラ王女、こちらこそ遠いところをよくいらしてくださった。ますますお美しくなられたな」

「まあ、お上手ね、ギルベルト様。陛下こそ、一層ご立派になられて、見惚《みほ》れてしまったわ」

同盟国だったせいか、二人は顔見知りのようで、会話に親密さが感じられた。

クリスタはエレオノーラ王女の雅やかな雰囲気に気圧されて、その場に立ち尽くしてしまった。

するとギルベルトがクリスタに目配せした。クリスタは慌《あわ》てて歩み寄った。

「ようこそおいでくださいました、王女殿下。皇妃クリスタでございます」

うやうやしく挨拶《あいさつ》する。

エレオノーラ王女は真珠のように真っ白い歯を見せて微笑む。

「まあ、あなたが皇妃様。積年の敵対国の赤毛のお姫様ですわね」

声は軽やかだが、言葉に棘《とげ》を感じる。が、クリスタは素知らぬふりで、満面の笑みを返す。

「心から歓迎いたしますわ、王女殿下。どうぞ仲良くしてくださいね」

エレオノーラ王女は笑いを浮かべたままツンと顎《あご》を反らした。

「皇妃様は嫁がれてきたばかりで、まだこの国ことはよくご存じないでしょう。私なら気心の知れたギルベルト様にエスコートしていただきますから、どうかお気遣いなく」

そして視線をギルベルト様に据《す》える。

「ギルベルト様、お城へ案内してくださいな」

ギルベルトは社交的に答えた。

「では、貴賓室へご案内しよう」

ギルベルトが右手を曲げると、エレオノーラ王女がすっとそこへ自分の手を預けた。二人は優雅な足取りで城内へ歩き出す。

ギルベルトが一瞬振り返り、かすかにうなずく。ここは任せろという感じだ。

クリスタは無言でその後ろ姿を見送った。

二人の見事な金髪が陽の光を受けて、キラキラしている。

眩《まぶ》しい。

正に、絵に描いたような美男美女だ。

クリスタは自分の赤毛がひどく惨《みじ》めなものに思えた。

噂《うわさ》では、クリスタとの婚姻話が持ち上がるまでは、エレオノーラ王女はギルベルトの結婚相手の第一候補であったと聞く。彼女は同盟国の王女だし、あんなにも美しいのだ。もっともなことだろう。

もしかしたらギルベルトの方も、エレオノーラ王女との結婚話は、まんざらでもなかった可能性もある。それが、クリスタとの政略結婚で立ち消えとなり、まだエレオノーラ王女に心残りがあるかもしれない。

ギルベルトが他の女性に惹《ひ》かれているかもと考えると、クリスタの心はみるみる萎《しぼ》んでいく。

ぽつんと立ち尽くしていると、

「皇妃様、この後は、歓迎晩餐会までは皇妃様の公務はございませんので、お部屋でお休みになってください」

侍女長のアデルが気を利かせて声をかけてきた。

「そ、そうね。そうするわ」

クリスタは、大勢の臣下たちの手前、貼り付けた笑顔を崩さないようにするので精いっぱいだった。

部屋に戻ったクリスタは、化粧室の鏡の前で、じっと自分を見つめていた。

幼い頃からずっと赤毛と青白い肌と透明な瞳に劣等感を持っていた。でも、皇妃となったからには、そういう引け目を見せず堂々としていようと常に自分に言い聞かせてきた。

だが、完璧に美しい金髪碧眼のエレオノーラ王女を目の前にすると、あまりに自分が見劣りすると感じてしまう。周囲の者たちもそう感じていたのではないか。

とりわけ、ギルベルトの気持ちが気になった。

これまでもクリスタの赤毛をしょっちゅうからかっていたギルベルトのことだ。あんな見事な金髪美人のエレオノーラと再会して、クリスタとの結婚を後悔しているかもしれない。

きゅうっと心臓が痛んだ。

好かれていなくてもいい。でも嫌われたくない。見捨てられたくない。

ギルベルトが好きだ。恋しい。

意地悪なことを差し引いても、彼は誠実で気遣いのできる人だ。

若き皇帝として、立派に国を治めていて臣下からも国民からも信望されている。そこもとても尊敬できる。

片想いでいい。ずっと傍《そば》にいたい。

政略結婚でもいい。彼の妻として務めを果たしたい。

でも――絶世の美女のエレオノーラ王女を目の当たりにして、動揺を隠せないでいた。

誇り高い皇妃から、ただの恋する十七歳の乙女に戻ってしまっていた。

クリスタはそっと自分の髪に触れる。

「こんな髪、大嫌い……」

ふとクリスタは、洗面台の棚に並んでいる化粧品を見渡した。美容液から整髪剤まで、無数の瓶が並んでいる。

「そうだわ」

クリスタは頭にピカッと閃《ひらめ》くものがあり、一本の瓶に手を伸ばした。

「クリスタはまだか?」

歓迎晩餐会の席で、ギルベルトはテーブルの下でいらいらと膝を揺すった。

すでに食前酒が運ばれ始めているのに、いっこうにクリスタが姿を見せないのだ。

「あらギルベルト様、皇妃様はもしかしたら具合でもお悪いのかもしれませんわ。私、気にしませんことよ」

主賓席のエレオノーラ王女は、機嫌よさそうに食前酒のグラスを傾けている。

そこへ青ざめた顔のアントンが素早く傍に寄ってきて、耳打ちした。

「陛下、皇妃様は、お部屋に鍵をかけて閉じ籠《こも》っておられるそうです」

ギルベルトはぴくりと眉を上げる。

「閉じ籠っている？　具合でも悪いのか？」

「それが、侍女たちも誰も部屋に入れないそうで、彼女たちも困り果てております」

ギルベルトは胸騒ぎを感じた。

何かアクシデントがあったに違いない。

クリスタが公務を放り出すようなことは今までなかった。

彼女が誠実にこの国の皇妃として務めようと常に努力してきたことを、ギルベルトは知っている。

ほんとうにどこか具合が悪いのかもしれない。

心配が先に立って、居ても立ってもいられなくなった。

ギルベルトはとびきりの笑みを浮かべ、エレオノーラ王女に話しかけた。

「失礼、王女殿下。政務で緊急の連絡が入ったそうです。ひととき、席を外す失礼をお許しください」

エレオノーラ王女はギルベルトの美麗な笑顔をうっとりと見つめ、うなずいた。

「よろしくてよ」

ギルベルトは落ち着き払って席を立った。

優美な足取りで大食堂を出る。

背中で扉が閉まった途端、ギルベルトは矢も盾もたまらずだっと走り出した。

クリスタの部屋の前に辿り着くと、アデル始め侍女たちが憂《うれ》い顔で扉の前に佇《たたず》んでいた。

ギルベルトはアデルたちに手で合図して、後ろに下がらせた。彼は息を整え、落ち着いたふりで扉を叩いた。

「クリスタ、私だ。どうしたのだ？」

「私のことは放っておいてください！」

中から悲鳴のようなクリスタの声が響いた。

ギルベルトは心配でたまらなかったが、あくまで穏やかに話しかけた。

「気分が悪いのなら、医師を呼ぶ。だから、鍵を開けなさい」

「いやいやっ！　誰にも会いたくないです！」

まるで駄々っ子のような言葉に、ギルベルトは不安と焦燥《しょうそう》に駆られた。少し声を強くする。

「わがままを言うでない。君は皇妃なのだぞ。出てきなさい」

「いやったら、いやっ」

ギルベルトは業を煮やした。

「開けるぞ！」

そう言うや否や、片脚を持ち上げ思いきり扉を蹴った。

ばきっと金具の壊れる音がし、扉が勢いよく開いた。

ギルベルトはずかずかと部屋の中に押し入った。見回すと、寝室の扉がぴったり閉まっている。

「そこに隠れているのか、出てきなさい」

ギルベルトは寝室の扉を開いた。カーテンをぴったり閉めた薄暗い中に、ベッドで頭から毛布を被っているクリスタの姿がある。

ギルベルトはベッドに近づき、怖い声を出す。

「何をしているのだ？」

クリスタは毛布の内側で、がたがた震《ふる》えているようだ。

「お願い……私を、見ないで……」

消え入りそうな声で答える。今にも死にそうな声色に、ギルベルトはこれはほんとうに具合が悪いのではないかと懸念した。毛布にそっと手をかける。

「いいから、顔をお見せ」

「いやっ」

毛布の中でクリスタがさらに身を硬くする。

「いい加減にしなさい、子どもでもあるまいし」

ギルベルトは強引に毛布を剝《は》ぎ取ってしまった。

「ああっ、だめぇっ」

シュミーズ一枚のクリスタがシーツの上に身体を丸めた。

「⁉　――これは？」

ギルベルトは啞然《あぜん》とした。

クリスタの髪の毛は、白と赤のまだら模様になっていたのだ。きてれつな髪の毛の色に、さすがのギルベルトも声を失った。

「見ないで、ギルベルト様、ああもう、おしまいだわっ」

クリスタは両手で頭を抱え、おいおい泣き出した。

ギルベルトは我に返り、震えるクリスタの背中を撫《な》でようとした。クリスタが身を捩《よじ》ってその手を振り払う。

「ごめんなさい、ギルベルト様、こんな醜《みにく》い私になって――もう、誰にも合わせる顔があ

りませんっ」

赤子のように泣きじゃくるクリスタに、ギルベルトは胸が締め付けられる。

「なぜこのような髪になった？」

「……ぅう……だって……赤毛は脱色すれば綺麗な金髪になると、美容関係の本で読んだことがあったのです……だから……強力な脱色剤を使ってみたんです……」

「金髪に？」

クリスタがこくこくとうなずく。

「それなのに、このようなみっともない事態になってしまいました。もう、もう私、死にたい……」

事情は飲み込めたが、ギルベルトはまだ困惑《こんわく》していた。

「なぜ急に脱色しようなどと思ったのだ？」

「だ、だって……」

クリスタはひくひくと肩を震わせ、消え入りそうな声で答えた。

「ギルベルト様もエレオノーラ王女も、あのような見事な金髪で……私だけ……私だけ、こんなニンジン色の……ヨッヘムの家族も皆美しい金髪碧眼で……私だけ、色のない瞳で……醜くてみそっかすで……ニンジン色の髪でエレオノーラ王女の前に出たくなかったの……」

その告白を聞いた途端、クリスタのこの世の終わりのような姿には申し訳ないが、ギルベルトは心の底から愛《いと》おしくて微笑ましいと思ってしまう。

そうだったのか。

彼女はずっと、容姿に引け目を感じていたのか。

ギルベルトの一番のお気に入りの真紅の髪の毛に、彼女は劣等感を持っていたのか。

なんて繊細で可愛らしいのだろう。

いつも愛着を持って「ニンジン王女」などと呼んでいたが、その言葉にクリスタはとても傷ついていたのだ。

ギルベルトは自分の態度を深く悔やんだ。

そして、胸いっぱいに込み上げてくる愛情をもう抑えきれなかった。

「クリスタ――もう泣くのはやめて、顔を上げなさい」

穏やかだが断固とした口調で言う。

「……」

そろそろとクリスタが顔を上げた。涙で顔がぐちゃぐちゃで、幼子《おさなご》のようにあどけない表情になっている。その泣きべそ顔にすら、くるおしいほど心がかき乱される。

「クリスタ――君の髪のことをからかったりして、ほんとうにすまなかった」

「……」

「だが、誤解なんだ。私はね、君の朝焼けの空のように燃え上がる赤い髪が、とても素敵だと思ってるんだ。嘘ではない」

　クリスタがハッとしたような顔になる。

「透き通った瞳も、水晶玉のように美しい。きめの細かい白い肌も絶品だと思う。君は他の女性にはない、とても個性的な魅力に溢《あふ》れている。そう私は思っている」

　だから、ずっと君のことが好きだったのだ――喉元まで言葉が込み上げた。

　クリスタが頬を染め目を瞬いた。

「母上も、そう言ってくれました。私の朝焼けのような髪がとても好きだって」

　ギルベルトは深くうなずく。

「そうか、君の母上も君の美しさをちゃんとわかってくれていたんだね。君が君のままでいということを」

　クリスタがわずかに微笑んだ。

　心に染みるような美しい笑みだ。

　ギルベルトの心臓がドキンと跳ね上がる。

　抱きしめて、口づけして、どんな君でも好きだ、愛していると言いたい。

　もう限界だった。

　たとえ受け入れられなくても、拒否されても構わない。クリスタに伝えたい。

　ギルベルトは深く息を吸ってから吐き、切実な声で告げた。

「君を愛している、クリスタ」

髪の脱色は、期待に反して大失敗に終わった。

鏡の中の赤と白のだんだら模様の髪を見た時、クリスタはその場で死んでしまいたいと思った。こんな無様な髪になるなら、赤毛のままの方がまだましだった。浅はかな行動をした自分を呪う。そしてギルベルトに合わせる顔がないと、絶望した。

閉じ籠って悲嘆に暮れていると、鍵をかけた扉を強行突破してギルベルトが現れた。

惨めな姿を晒《さら》し怒られるかと思いきや、ギルベルトは優しかった。

「私はね、君の朝焼けの空のように燃え上がる赤い髪が、とても素敵だと思ってるんだ」

これまでギルベルトからかけられた言葉の中で、最高に胸に響くものだった。

嘘ではない、と彼は言った。

ガラス玉みたいな色のない瞳のことも、水晶玉のように美しいと讃えてくれた。

一番欲しい言葉を、一番好きな人から言われた。

クリスタの心の暗雲があっと言う間に晴れていく。

笑みが浮かんでくる。

その笑顔を見ると、ギルベルトがふいに苦しそうに顔を歪《ゆが》めた。

そして短く逡巡《しゅんじゅん》したのち、彼は声を絞り出すように言った。

「君を愛している、クリスタ」

「え……」

一瞬、クリスタは彼の言葉の意味がわからなかった。

目を見開いて呆然《ぼうぜん》とギルベルトを見つめた。

ギルベルトは顎を引き、青い澄んだ瞳でまっすぐ見つめ返してくる。

「君を心から愛しているんだ、クリスタ」

「……」

「ずっと、好きだった。初めて君と出会った時から、ずっとだ」

「っ――」

「その鮮やかな赤い髪も、水晶玉のような瞳も、愛らしい笑顔も、ツンと尖《とが》った唇も、ハキハキしているところも、何もかも、好きなんだ。だからずっとヨッヘム王国に君を娶《めと》りたいと打診し続けた。政略結婚なんかじゃない。ほんとうに、ほんとうに心から、君を妻にしたかったんだ」

「――」

「君に反応してほしくて、ついつい意地悪したり、からかったりしてしまうんだ。君は怒っても泣いても膨れても、何をしても可愛い。可愛すぎる、一秒ごとに愛らしさが増す。だから、構いたくて仕方ないんだ」

「……」

クリスタは頭がうまく回らず、ぼうっとギルベルトを見つめ返していた。

もしや今、盛大に愛の告白をされているのか？　いやまさか、夢ではないのか？

ふいにギルベルトが唇を噛んで、顔を伏せる。

「君こそ、私が嫌いだろう？」

「え？」

苦々しく彼はつぶやく。

「初めて出会った十一年前、君をとても傷つけ、怒らせてしまった。あれ以来、君はずっと私を嫌っているんだ。私は心から後悔している」

ギルベルトの耳朶が真っ赤に染まった。

ギルベルトがこんなはにかんだ表情をするなんて。そこには、十一年前の少年のギルベルトの面影があった。

クリスタはあまりに緊張して喉がカラカラに渇いて、声がうまく出ない。

「わ、私、は……」

ギルベルトが真摯な眼差しで見つめてきた。

目が潤み唇が震える。

人は望外な喜びに出会うと、すぐには反応できないのだと知る。

クリスタが何も言わないのを、ギルベルトは拒絶の態度だと思ったのか、顔を赤くし唇を嚙みしめた。そして、ふいにベッドの前に跪《ひざまず》いた。

彼はクリスタの両手を強く握り、自分の額に押し付ける。燃えるようにそこが熱を持っている。手をしっかりと握ったまま、ギルベルトが縋《すが》るような眼差しで見つめてきた。

「謝る。君を不快にさせた私の言動全てについて謝罪する。どうしたら君に許してもらえる？　どうすれば、君に少しでも好きになってもらえる？」

クリスタは脈動がばくばくと速まるのを感じた。頬がかあっと火照《ほて》ってくる。

彼の視線が眩しすぎるが、目を逸らさずひと言ひと言、嚙みしめるように言う。

「ギルベルト様――私も、あなたがずっと、好きだったのよ」

「えっ？」

今度はギルベルトが呆然とする番だった。青い目を大きく見き、動揺を押し隠せない。

クリスタの胸に熱いものが満ちてくる。

「でも、私たちの家は敵対する国の王家と皇家、この気持ちを伝える勇気が出なかった。だって、あなたにずっと嫌われていると思ってたんだもの」

ギルベルトが消え入りそうな声で言う。

「ほんとうに？」

こんな自信なさげなギルベルトを初めて見る。

クリスタは深くうなずく。

「ほんとうよ。大好きです、ギルベルト様」

ギルベルトがぐうっと小さく喉を鳴らした。

「クリスタ、愛している」

握られた手の指先がかすかに震えていて、クリスタの心臓はきゅんと甘く高鳴った。

「私も、愛しています」

クリスタはぎゅうっと強く彼の手を握り返した。

二人の視線が強く絡む。

全ての誤解としがらみが消え、そこには、ただ互いへの情愛だけがあった。

どちらからともなく唇が近づき、重なった。

「ん、ふ……」

ギルベルトの唇は火のように熱くなっていて、今まで受けた口づけの中でも一番心に残る、泣きたいほど幸せなものだった。

二人は小鳥の啄《ついば》みのような口づけを繰り返し、見つめ合い、おでこをくっつけて忍び笑いをし、再び口づけを重ねた。

甘やかな陶酔《とうすい》に、クリスタは多幸感の中にいた。

どのくらいそうしていただろうか。

ふいにギルベルトが我に返ったように、唇を離した。

彼は皇帝の顔に戻り、威厳のある態度になった。

「いけない。晩餐《ばんさん》会の途中だった。皇帝が大事な国賓をいつまでも待たすわけにはいかないな――私は戻らねばならない。君のことは、急に熱が出たと皆に説明しておくから、今夜はこのまま休みなさい」

彼は立ち上がり、いたわるようにクリスタの髪を撫でた。

「髪の毛のことは災難だった。だが、気にしないでいい。それに私は――」

ギルベルトが澄んだ青い瞳で見下ろしてきた。

「君がどんな髪の色だろうと、愛しい気持ちに変わりはないよ」

「ギルベルト様……」

彼の慈しみ深い言葉に、ぐっと胸に迫るものがあった。

ギルベルトがそのまま出て行こうとした時、クリスタは涙を両手で拭い、息を深く吸った。

愛している――ギルベルトの言葉が、頭の中で心地よくこだましている。むくむくと自信と勇気が湧いてくる。

「待って、ギルベルト様」

思わず呼び止めていた。

ギルベルトが振り返る。クリスタはひたと彼を見つめて言った。

「私、晩餐会に出席します。エレオノーラ様に無礼なことはできないわ。何より、あなたに恥をかかせたくない」

クリスタはさっとベッドから降りた。

「行きます。アデルたちを呼んでください。急ぎ支度します」

ギルベルトはニッコリし、大きくうなずいた。

「わかった。では私は先に晩餐会に戻り、エレオノーラ王女のお相手をしておこう」

踵《きびす》を返そうとしたギルベルトに、クリスタはさらに声をかける。

「ギルベルト様、愛してくれてありがとう。私、やっとこの国の皇妃としての自覚が持てた気がします」

心を込めて言うと、ギルベルトの白皙《はくせき》の頬がうっすら赤く染まった。

「こちらこそ、君の愛を得て至上の喜びだよ。待っているよ」

ギルベルトが足早に部屋から出て行く。その後ろ姿を、愛情を込めて見つめた。

廊下でギルベルトに命じられたのか、部屋の中にアデルたちがぞろぞろと入ってきた。

「まあ、皇妃様、その髪――おいたわしいことに」

クリスタの紅白のまだらの髪に、アデルたちも呆然としている。

でももう、クリスタは怯《ひる》まなかった。

正直、脱色の失敗などすっかり忘れていたくらいだ。落ち着いた態度で言う。

「皆さん、大至急、着替えと化粧を。晩餐会に出ます」

「承知しました」

アデルたちがテキパキと動き始める。

白を基調に紅糸で細かい刺繍《ししゅう》を施したディナードレスに着替え、化粧台の前で髪を結ってもらう。

アデルが気遣って耳打ちする。

「あの皇妃様——髪をヴェールで覆いましょうか？」

クリスタは鏡の中の自分を見つめながら、きっぱりと言った。

「いいえ、髪はこのままで結ってください」

すっかり支度が整うと、クリスタはアデルたちを従え、胸を張って大食堂へ向かった。

大食堂の入り口で立ち止まり、深呼吸して緊張を抑える。

そして、しゃんと背筋を伸ばした。

「皆様、遅れて申し訳ありません。少し頭痛がありましたが、もう治りました」

優雅な口調で挨拶し、しずしずと大食堂に入る。

エレオノーラ始め招待客たちが、クリスタの紅白の髪の色を見て目を丸くしているのがわかる。だが、顎を引き何事もないような顔で席に向かう。

くれる。

最奥《さいおう》の上座に座っていたギルベルトがさっと立ち上がり、クリスタのために椅子を引いて

「ありがとうございます、陛下」

クリスタが滑《なめ》らかな所作で座ると、ギルベルトが素早く耳元でささやく。

「とても綺麗だ、クリスタ」

真摯な言葉にさらに心が落ち着く。

斜め向かいの席に座っているエレオノーラ王女は、不躾《ぶしつけ》なほどまじまじとクリスタの髪を見ていた。

そして彼女はくすっと笑う。

「まあ、なんとも奇抜な髪の色ですこと、皇妃様。皇妃様のお国では、そのような風変わりな髪に染めるのが流行なのですか？」

いやみたっぷりの口調に、他の招待客たちからも失笑が漏れそうになる。

クリスタは傲然《ごうぜん》と胸を張る。

「いいえ、我がホルガー帝国の国色は赤と白。このハレの日に、皆様を歓迎するため我が国を象徴する二色に染めました。いかがかしら？」

ほおっと感嘆の声が周囲から上がる。

ギルベルトがすかさず口を挟んだ。

「皇妃の、国への深い思いの表し方は、称賛に値する」

クリスタは極上の笑みを浮かべた。

「お褒めにあずかり光栄ですわ、陛下」

二人は余裕の笑みで視線を合わせる。

ギルベルトのひと言で、招待客たちの態度がガラリと変わった。

特に、若い淑女《しゅくじょ》たちは目新しいファッションに敏感なので、皇帝ギルベルトのお墨付きとなるとにわかに色めき立つ。

「皇妃様、とても個性的ですわ。今度私も二色に髪を染めてみようかしら」

「革新的なファッションですわ。これは今季の社交界で必ず話題になりますわ」

「さすが、流行の最先端を行く皇妃様ならではです」

クリスタは口添えをしてくれたギルベルトへ、感謝の目配せを送る。

ギルベルトもかすかにうなずいて応える。

二人の夫婦としての息はぴったりだ。

エレオノーラ王女は急に不機嫌そうになり、むすっと押し黙って料理をつついている。

その後の晩餐会の話題の中心は、クリスタのファッションについてだった。

晩餐会を終え、エレオノーラ王女を貴賓室まで送るギルベルトより先に、クリスタは自室へ戻った。

ギルベルトが部屋の扉を蹴破ったので、金具が飛んでしまった扉が閉まらずに斜めに傾いている。応急処置で戸口の上に分厚いカーテンを取り付けてあった。それを見てクリスタは、いつも冷静沈着なギルベルトが、こんな荒々しい振る舞いもするのだと知り、新鮮な驚きを覚えた。

それもこれも、愛ゆえの暴走だったのか。

考えたら、ギルベルトが性急に行動するのは、決まってクリスタに関係する時だった。お城に来た当初、侍女たちに置き去りにされて迷子になった時も、駆け付けてくれた。オルゴールの事件の時も、雨に濡れながら息急き切ってクリスタを探しに来てくれた。ギルベルトに好かれていないと思い込んでいたが、常に彼はクリスタのことを気にかけてくれていたのだ。

こんなにも愛されていたのに、全然気がつかないなんて、思い込みで目が曇ってしまっていたとはいえ、ギルベルトに申し訳ない気がした。

まだまだ皇妃としての自覚が足りないクリスタを、彼はこれまでもこれからも補佐してくれるだろう。

もう何も恐れるものはないと思った。

クリスタは部屋着に着替えると、ソファに腰を下ろしてギルベルトを待った。

今までのギルベルトの言動をあれこれ思い出し、全てが愛情から出たことだったのだと理解できると、嬉しくてにまにま顔が緩んでしまう。

「何を一人で思い出し笑いをしている？」

突然背後から抱きしめられて、クリスタは我に返ってきゃっと悲鳴を上げた。

いつの間にかギルベルトが部屋に戻ってきていたのだ。

にやけた顔を見られた。顔が赤くなる。

「ちょっと、ノックくらいしてくださいっ」

「扉が外れているから、仕方ないだろう」

クリスタは照れ隠しに少しツンとして言う。

「あなたが乱暴をしたからでしょう？　皇帝が扉を蹴破ったりして、はしたない」

「いやいや、そもそも鍵をかけて閉じ籠ったのは誰だ？」

「う——」

言い負かされて言葉に詰まる。

「ふふっ、可愛いな」

ギルベルトはため息で笑い、クリスタの紅白の髪に顔を埋めてつぶやいた。

「今宵の君は気品と威厳に満ちていて、最高に素敵だった」

背骨に響く艶めいたバリトンの声で賛美されると、クリスタは脈動が速まるのを感じた。

思わずでれでれとしてしまう。

「ニンジン娘でも、お役に立てて光栄ですわ」

今まではいやみで言っていた言葉も、軽口に変わる。

「ニンジン」という言葉に全然拒否感がないのが自分でも嘘みたいだ。

ギルベルトが真顔になった。

「クリスタ、言っておくが、私がいつニンジンが嫌いだと言った？　いやむしろニンジンは好きだぞ」

「え？」

ドキンと心臓が跳ねた。

「いや、野菜の中では大好きだ。ニンジンは煮込むと蕩《とろ》けるような甘味が出る。だから――今夜もニンジンを美味しく食べてやろうかな」

やにわにギルベルトがクリスタの首筋をちゅっと吸い上げた。

「んあっ？」

むず痒《がゆ》い刺激に、びくんと腰が浮く。

「とろとろに蕩かして、食べたい」

感じやすい耳裏から首筋に何度も口づけされ、クリスタの身体がじわりと火照ってくる。

ニンジンが好きだと言いながら、クリスタに愛情を伝えてくれる。官能の甘い期待に胸が高鳴る。

　ギルベルトは、首筋から肩口、鎖骨へと唇を下ろしながら、背後からクリスタの部屋着の前釦《ボタン》を器用に外していく。はらりと部屋着の前がはだけ、ふるんと飛び出した乳房をギルベルトの両手がそっと包み込む。

「ぁ、んんっ」

　ギルベルトの指先がくりくりと乳首の先端を抉《えぐ》ると、ツンと尖ったそこからジンジンと甘い疼《うず》きが下腹部へ走った。

「もうここがすっかり硬くなって——感じやすくなったね」

「ぁん……だって……あなたがいやらしいことをいっぱいするからだわ」

「ふふ、もっといやらしくしてあげたいな」

　ギルベルトがぴったり身体を密着させてくると、背中越しに伝わってくる彼の鼓動は、クリスタと同じように忙しない。ギルベルトも同じように感じているのだろう。

　愛する人に触れられると、それだけでむずむずとして淫らな自分が姿を現してしまう。

　熱く火照ってきたクリスタの身体を、ギルベルトはゆっくりベッドの上に仰向《あおむ》けにさせた。

　そして、部屋着の裾《すそ》を捲《めく》り上げ下穿《したば》きを着けていない下半身を剝《む》き出しにする。

　柔らかな太腿が抱え上げられ、両脚が大きく開かせられる。身体をふたつ折りにするような恥ずかしい格好に戸惑《とまど》う。

　そのままギルベルトはなんのためらいもなく、クリスタの秘所に顔を埋めてきた。

「え？　あっ？」

ぬるっと綻んだ花弁《かべん》を舐《な》め上げられ、クリスタはびくりと腰を跳ね上げた。

「や、ギルベルト様、そんなとこ、だめぇっ」

クリスタは腰を引こうとしたが、膝が胸につくほど押し付けられて、身動きできない。

「君を食べ尽くしてやるんだ」

ギルベルトが掠《かす》れた声でつぶやき、陰唇に熱い息を吹きかけた。その刺激だけで、媚肉《びにく》がひくついてしまう。ギルベルトは熱い舌を押し当てるようにして、蜜口《みつくち》からゆっくり上に舐め上げた。そのまま、鋭敏な花芯《かしん》を咥《くわ》え込んでしまう。

「はっぁ、あ、ん」

ぬるついた卑猥《ひわい》な感覚に、腰が抜けてしまいそうなほどの甘い痺《しび》れが走る。

ギルベルトは口の中で、くちゅくちゅと秘玉《ひぎょく》を転がした。みるみる陰核《いんかく》が充血して膨れてくる。鋭い愉悦が繰り返し襲ってきて、クリスタの下肢から力が抜けた。

「ふぅ、んぁ、あ、だめ、あ、だめぇ、そんなとこ、舐めないでぇ」

羞恥に涙目になって訴《うった》えるが、言葉と裏腹に心地よさに両脚が誘うように開いてしまう。

「んぅ、ふ、はぁ、やぁ、脚……やぁ、どうして……開いちゃう、脚、やぁ……ん、恥ずかしい、恥ずかしいのにぃ」

不自由な体勢から腰を揺らして恥ずかしさを訴えるが、ギルベルトは構わず敏感な花芽《かが》を舐めしゃぶる。卑猥な舌の動きに刺激され、媚肉の奥からじゅくじゅくといやらしい蜜が溢れてくる。ギルベルトは零れる愛蜜を、じゅるっと大げさな音を立てて吸い上げる。

「だめ、だめぇ……あ、あぁ、あ、は、はぁあ」

だめだと言いながらも、ギルベルトの柔《やわ》らかく熱い舌が閃くたびに、艶《なまめ》かしい鼻声が漏れてしまう。

ギルベルトは、膨張した陰核をちゅぶちゅぶと唇で挟んで扱《しご》くように責めたり、舌先でちろちろと転がしたりしてくる。

「ひ、あ、はぁ、あ、はぁ……ぁあ、ああ」

花芽から滾《たぎ》る快感が全身に広がり、求めるみたいに腰が浮いてしまう。愛液が泉みたいに後から後から吹き零れ、ギルベルトはそれを余すところなく啜《すす》り上げる。

「んんぅ、あ、ふぁ、や、も、だめ、あ、だめ、達《い》っちゃ……もう、あ、もう、もう……っ」

せつない愉悦が理性を凌駕《りょうが》し、クリスタはがくがくと腰を揺らした。

クリスタの終わりが近いことを察したのか、ギルベルトはぱんぱんに腫《は》れ上がった秘玉をちゅうっと強く吸い上げ、同時に節高な人差し指を蜜口の中へ一気に押し入れた。

「っうぅ――あ、あああぁあああっ」

息が止まるかと思うほどの強烈な快感に、クリスタは目を見開きがくがくと総身を震わせけた。

て、達してしまう。内壁がはしたないほど蠢《うごめ》いて、ギルベルトの指をきゅうきゅうと締め付

　達したというのにギルベルトは、そのまま繰り返し秘玉を吸い上げ舐め回す。

「い、やぁ、もう、あ、いやぁ、達ったから、達ったのにぃ……っ」

　痺れる愉悦が際限なく襲ってきて、しまいには頭の中が真っ白に染まり何も感じられない

ほどだった。突き入れられた指が、隘路《あいろ》の浅いところをぐにぐにとかき回す。

「やぁ、あ、や、も、やぁ……ぁ、あぁあ」

　再び快感が襲ってきて、クリスタは無意識に腰を蠢かせて指の感触を求めた。

　直後、するりと指は抜け出てしまう。同時に、ギルベルトがゆっくり顔を離す。

「あぁん、だめぇ」

　思わず不満気な声を出してしまう。

　さんざん感じ入って火がついた肉体はもっと奥に刺激が欲しくて、焦《じ》れてしまう。柔襞が

せつなく蠕動《ぜんどう》して、クリスタは苦しいほどの官能の飢《う》えを感じた。

　ギルベルトがクリスタの太腿を抱えたまま上半身を起こし、見下ろしてくる。

「どうしてほしい？」

　クリスタは涙目でギルベルトを見上げる。彼の口元が自分の愛液で濡れ光っている様が、

あまりに卑猥で刺激的で、見ているだけでこぽりと新たな愛液が吹き零れた。

ギルベルトは太腿から両手を離した。

「どうしたいんだい？　クリスタ」

ギルベルトが畳み掛けてくる。

「うぅ……」

そんなの、わかっているくせに――クリスタは恨めし気にギルベルトを睨《にら》んだ。彼は平然と見返してきた。

閨《ねや》での彼は少しだけ意地悪で、そういうところすら愛情が深まる美点になってしまう。

クリスタは消え入りそうな声で言う。

「お願い……」

「ん？　聞こえないよ。もっといやらしく私を誘ってごらん」

ギルベルトが薄く笑う。余裕のある素ぶりだが、部屋着越しに彼の下腹部が大きく漲《みなぎ》っているのが見て取れた。その膨らみを目にすると、クリスタの媚肉がずきずき痛むほど疼いた。

このまま放置されたら、おかしくなってしまいそう。

「あ、あ、ギルベルト様……」

クリスタはおずおずと両脚を開き、自分の秘部に両手で触れ、そっと蜜口を押し開いた。

とろとろと愛液が指先を濡らすのがわかった。

「お願い、ここに……挿《い》入れて……」

ギルベルトがごくりと喉を鳴らす。だが彼はまだ自制する。

「何が欲しい？　何を挿入れてほしい？」

「ううっ……」

もはやクリスタの性的飢えは頂点に来ていた。

指で陰唇を開いたまま、腰を突き出すようにして揺らす。

「ギルベルト様の太いのが欲しい——あなたの大きくて硬いもので、ここを思いきりぐちゅぐちゅかき回して——奥までずんずんって、突いて——っ」

甲高《かんだか》い声でおねだりした。

「クリスタ」

ギルベルトは低く唸《うな》るように名を呼び、部屋着の裾を捲り上げ太く脈打った欲望を引き摺り出した。いつもよりさらに大きく屹立《きつりつ》している。

「ああ……」

淫らな欲望の造形を見ただけで、クリスタは軽く達してしまった。

ギルベルトは性急にクリスタの両脚を抱え込み、腰を浮かせた。

ぱっくり開いた花弁に、獰猛《どうもう》な肉楔の先端が押し当てられる。

そして、みっしりと熱い質量の欲望が、一気に最奥まで突き上げてきた。

「あああぁーっ」

爆発的な愉悦に瞬時に絶頂に飛び、クリスタは悲鳴のような嬌声《きょうせい》を上げる。

ギルベルトは深く挿入したまま、がつがつと腰を穿《うが》ってきた。

「あっ、あ、あ、あっ、あっ、あぁあっ」

理性の箍《たが》が外れてしまったかのように、ギルベルトは激しく揺さぶってくる。

「や、あ、また、あ、また、あぁ、またぁ……っ」

深く抉られるたびに、クリスタは絶頂を極め、快感が上書きされる。

ギルベルトの雄々しい腰遣いに。ベッドがぎしぎしと軋《きし》んだ。

「はあっ、あ、クリスタ——悦《い》い、すごく悦いよ、悦い」

ギルベルトが狂おしく息を乱し、その呼吸音にクリスタは胸が甘く締め付けられる。

「あ、あ、すごい、あ、や、やぁ、あ、壊れちゃう……っ」

激烈な衝撃に、目の前に真っ白な火花が散る。

ギルベルトはクリスタの腰を持ち上げ、深く繋がったまま自分の体重をかけてふたつ折りの体勢にした。さらに深く結合する形で、真上からずんずんと腰を打ち当てられる。

「あーー、あ、深い、あぁ、奥、当たる、あ、だめ、あ、当たるぅ」

激しい喜悦が下肢の深いところから襲ってきて、感じ入った爪先がびくびくと引き攣《つ》る。

「は、はぁ、あ、は、はぁ、やぁ、は、はぁあ」

数えきれないほど達してしまい、クリスタはもはや声も上げられず、忙しない呼吸を繰り

返しながら、与えられる快楽に溺れた。

「クリスタ、クリスタ、クリスタ」

ギルベルトが追い詰められた声で、名前を連呼する。その声にさらに身体が熱く燃え上がった。四肢が強張《こわば》り、最後の大きな絶頂が迫り上がってきた。

「あ、は、あぁ、ギルベルト、様、あ、も、だめ、もう、一緒に、きて、お願い、一緒にっ……」

最奥の感じやすい箇所を深く抉られ、クリスタは限界を超えてびくびくと全身をわななかせた。

きゅうきゅうと濡れ襞がギルベルトの剛直を締め上げ、直後、熱い奔流が最奥で弾ける。

「ああクリスタ、出る、全部、君の中に──っ」

ギルベルトが掠れた声で呻《うめ》く。

どくんどくんと大量の白濁《はくだく》がクリスタの媚肉の中へ注ぎ込まれた。

「ああ、熱い……ああ、いっぱい……」

何もかも、ギルベルトで満たされていく。どっと汗が吹き出し、全身の力が抜けていく。

ギルベルトの動きが止まり、二人は重なったまま浅い呼吸を繰り返した。

「はぁ、は、はぁ……」

弛緩した身体に、互いの体温が心地よい。

快楽の高みから、ゆっくりと二人で下りていくこの瞬間がとても愛おしい。

この世界が二人だけのものになる刹那《せつな》。

愛する人とずっとこうしていたいと思う。

ギルベルトがクリスタの汗ばんだ額に貼り付いた後れ毛を、そっと撫で付けた。そして、ちゅっと頬に口づけをしてくる。

「素晴らしかったよ、クリスタ」

睦《むつ》み合った直後のギルベルトは、心のしがらみから解放されるのか、いつにもまして優しい。

クリスタも素直に嬉しい。

しどけなくギルベルトの胸にもたれかかると、ギルベルトはさらに啄むような口づけを繰り返した。クリスタはうっとりと口づけを受け入れる。

クリスタが油断していると見たのか、ギルベルトはすかさずからかう口調になった。

「しかし、やっぱりこの髪の色は斬新すぎるな。早く元のニンジン色に戻してくれよ」

せっかく甘美な気分に浸《ひた》っていたのに。クリスタは、ぷっと唇を尖らせた。

「承知しましたわ。あなたの大好きなニンジンですものね。そんなにお好きなら、いっそニンジン皇帝とお名前を変えられたら？」

少し意地悪く切り返したが、ギルベルトはしれっとしてうなずく。

「うん、それも悪くないな。ニンジン皇帝にニンジン皇妃か。私たちはなかなかお似合いではないか？」

「もうっ、意地悪ね。知りませんっ」

クリスタは小さな拳《こぶし》でポカリとギルベルトの胸を叩く。鍛え上げられたギルベルトの胸板には痛くも痒くもないようで、逆にぎゅっと抱きしめられ、唇を奪われた。

「んう、あ、んんぅ」

ギルベルトの口づけは甘く激しく、クリスタはたちまち不機嫌さを忘れてしまう。

「あ……ぁっ？」

まだクリスタの胎内に収まっていたギルベルトの陰茎が、ぐぐっと硬度を増してきた。

「大好きなニンジンの、おかわりをいただこうかな」

ギルベルトは艶かしい声でささやき、本格的に舌を絡めてくる。

「んぅふ、だめ、そんなに……」

拒もうとしたが、艶めかしく舌を吸い上げられ、クリスタの情欲もかき立てられた。

「愛しているよ、クリスタ」

深い口づけの合間に甘くささやかれ、その言葉だけで子宮の奥がつーんと痺れて軽く達してしまいそうになる。

「私も、愛しています、ギルベルト様」

まだぎこちないけれど、愛の言葉を返す。

ギルベルトはクリスタの頬や髪の毛にも口づけの雨を降らせる。

「私のクリスタ――朝焼けの髪の君。そう、もうニンジンではなく、これからは君を朝焼けの君と呼ぼう」

なんて美しい愛称だろう。しみじみ嬉しくて、涙が零れそうになる。

「好き……私の、ギルベルト様……」

そのまま、熱い抱擁《ほうよう》に巻き込まれ、甘い愉悦に身を投げ出してしまう。

第四章　不穏な影

その後、エレオノーラ王女は両国の親善のためと称し、半月、ホルガー帝国に滞在した。

エレオノーラ王女のたっての希望で、ギルベルトが彼女の接待役になった。最上級の国賓なので、ギルベルトも無下《むげ》には扱《あつか》えないようだ。

滞在期間中、エレオノーラ王女はギルベルトの空《あ》いている時間には、ずっと付きまといべったりだった。

しかもエレオノーラ王女は、皇妃のクリスタの存在を完全に無視していた。

アデル始めクリスタ付きの侍女たちは、エレオノーラ王女のこれ見よがしな媚態《びたい》を見て腹に据《す》えかねると、しきりに訴《うった》えてくる。

「皇妃様、エレオノーラ様は大国の王女殿下なのに、あまりにも卑《いや》しい態度ではありませんか」

「皇妃様に挨拶《あいさつ》もなさらないなんて、不敬罪ものです。皇妃様、皇帝陛下に注意していただいた方がよろしいのでは？」

クリスタは、エレオノーラ王女がギルベルトにあからさまな秋波《しゅうは》を送る姿をはしたないと思っていたが、皇妃としての節度を守り態度や言葉には出さないでいた。

「アダン王国は大国。かの国とは、今後も友好的に付き合っていかねばなりません。王女殿下は観光気分でおいでなのですから、少しくらい度の過ぎた言動も大目に見て差し上げましょう」

鷹揚な態度でアデルたちを窘《たしな》めた。

「さすが、皇妃様です」

「浅はかなことを申しました」

アデルたちはクリスタの寛容で落ち着いた態度に感服したようだ。

だが、クリスタの内心は穏やかではなかった。

二人の心は愛で結ばれたが、互いに清廉な性格で気恥ずかしさもあり、まだその気持ちを公の場で表したことはない。唯一、アントンの前でだけのろけることはあったが、彼以外の人々の前では、ついつい堅苦しい態度になってしまう。

そのせいもあり、エレオノーラ王女は積極的にギルベルトに迫ったりしているのだろう。

ギルベルトはあくまで分別のある態度でエレオノーラ王女に接しているようだが、金髪碧眼の美女が迫ってくるのに、心が少しでも乱れたりしないだろうか。

もやもやした気持ちが拭《ぬぐ》えない。

これが、嫉妬という感情か、と思う。

ギルベルトの愛情を疑うなんて、なんて心が狭いのだろうと自分を責める。

彼の誠実な気持ちが揺らぐはずはない。

だが、愛する人に絶世の美人が誘惑めいた態度を取っているのを傍《そば》で見ているのは、やりきれない。アデルたちの手前余裕あるふりをしているものの、心穏やかではいられなかった。

ある午後、クリスタは気持ちを落ち着けようと、一人で城の中庭をそぞろ歩いていた。

池の端を巡り、花畑の中の小径《こみち》を抜けると大理石でできた東屋《あずまや》がある。

そこのベンチでひと休みしようとすると、先客がいた。

ギルベルトとエレオノーラ王女だった。

はっとして、木立に身を隠す。

エレオノーラ王女は昼間だというのに、袖なしの襟《えり》ぐりの深い身体の線がくっきり出ているドレスを着ていた。彼女はギルベルトの腕に自分の手を絡め、ねっとりした視線で見上げている。

「ねえ、ギルベルト陛下。お国と我がアダン王国がひとつになれば、大陸を支配することも夢ではありませんわよ」

ギルベルトは落ち着いた口調で答える。

「王女殿下、これからは一国独裁で大陸を制するような時代ではありません。それぞれの国が協力し合って、大陸全体を発展させていくことが大事です」

エレオノーラ王女は赤い唇をツンと尖《とが》らせる。

「建前はよろしくてよ。お国とアダン王国は、ずっと友好国でしたわ。敢《あ》えて、国力の衰《おとろ》えた敵対国と仲良くなさろうとする必要はなかったのではないかしら。ギルベルト陛下におかれては、意にそわない政略結婚を強いられて仇《かたき》の王女を妻になされて、ご心労はいかばかりかと」

わざとらしくエレオノーラ王女はため息をつく。

意にそわない結婚――無論、今はそうではないとわかっているので、気にする必要はないと自分に言い聞かせた。だが、自分の祖国のことを悪《あ》し様《ざま》に言われるのは不愉快であった。

ギルベルトが何か言おうとする前に、エレオノーラ王女はさらに言い募る。

「ねえ、今からでも考え直されてはいかが？　私、ずっと陛下のことをお慕いしておりましたのよ？　衰退の一途を辿るだろうヨッヘム王国の王女様を妻にしていては、ゆくゆくあなたのお荷物にしかなりませんわ。陛下がヨッヘム王国へ莫大な支援をなさっておられるのは存じておりましてよ。皇妃様におねだりされたのかもしれませんけれど。このままでは大陸統一というあなたの大望が叶う日が、遠のくばかりですわ」

「王女殿下、私は――」

クリスタはそれ以上そこに止まっていられなかった。

素早く背中を向け、小走りでその場を立ち去った。

花畑を駆け抜けながら、心臓がばくばくいうのを感じた。

ヨッヘム王国がそれほど困窮していたなんて気づきもしなかった。それに、ギルベルトが支援してくれていることも、知らなかった。

祖国の父王もギルベルトも、クリスタに余計な心配をかけまいとして、そういう事実を伏せていたのだろう。

だが、その気遣いに逆に傷ついた。まだまだいたらないところも多いけれど、皇妃としてギルベルトをずっと支えていこうと決意しているのだ。

そして、辛辣《しんらつ》だがエレオノーラ王女の言うことにも一理あると思った。

ギルベルトが、大陸のそこかしこで持ち上がる国同士の争いを憂《うれ》えて、大陸の和平統一を目指していることは、常々彼が口にしている理想であり大望だ。

クリスタはその夢の実現のために、心から力になりたいと願っていた。

それが、祖国ヨッヘム王国のせいで叶わないことになったら——。

クリスタがヨッヘム王国の元王女であるという事実は一生変わらない。自分の出自がギルベルトに負担になっているとしたら、いたたまれない。

愛する人の重荷にだけはなりたくない。だが、今のクリスタには財力もなんの後ろ盾もないのだ。でも、祖国を卑《いや》しめるような考え方はしたくない。

うつむいて唇を噛みしめた。

そこへ、回廊の向こうからアデルが姿を現したので、慌《あわ》ててしゃんと背筋を伸ばして体裁を繕う。

「ああ皇妃様、お散歩からお戻りになられましたか。ちょうどようございました。皇妃様にお客様がいらしております」

「私に？」

「はい、ヨッヘム王国からおいでの、モロー公爵と名乗るお方です」

「モロー公爵が？」

ちょうど祖国に思いを馳せていたので、胸が熱くなる。

クリスタは急ぎ部屋に戻り、正装に着替えた。

応接間に出向くと、ソファに座っていたモロー公爵がさっと立ち上がって歩み寄ってきた。

「やあ、クリスタ王女――いや、皇妃様。元気にしていたかい？」

「モロー公爵、よく来てくださったわ」

懐かしい祖国への気持ちが込み上げて、クリスタは声を弾ませた。

「国交大臣のあなたが来訪なされるのなら、前もって知らせてくだされば正式な歓迎会など準備したのに」

「いや、今回は政治的意味合はないから、個人的な旅行なんだよ。君の従兄弟として、ヨッヘム王家代表としてご機嫌伺いに来たんだ」

クリスタは声を弾ませて、モロー公爵をソファに誘う。

「ああ嬉しいわ。懐かしいわ。さあ、隣に座って祖国のお話をしてちょうだい。父上のお加減はどうかしら？　王家の皆は変わりない？」

ソファに座り直したモロー公爵は、気遣わしげな表情になる。

「こちらは皆元気だ。国王陛下も徐々に回復なさっている。でも、君、少し痩《や》せたんじゃないか？　敵国での生活で、苦労しているんだろう？」

クリスタはニッコリして首を振る。

「そんなことはないわ。お城の人たちは皆優しいし、ギルベルト様もとてもお優しくて気遣いしてくださるわ」

モロー公爵は疑わしそうな目でこちらをじっと見る。

クリスタはさっきまでの胸のもやもやを見透かされそうで、背中に汗が流れた。

「たびたび言っているけれど、辛《つら》かったらこの結婚を解消して、いつでもヨッヘム王国へ戻ってきていいのだよ。出戻りでは心苦しいと言うのなら、私が君を娶《めと》ってあげるから。私の気持ちは、わかっているだろう？」

モロー公爵が身を乗り出し、クリスタの手に触れてきた。クリスタは慌てて自分の手を引く。

「お気持ちは嬉しいけれど――」

クリスタは穏やかにだがきっぱりと言った。

「モロー公爵、そこまで私のことを気遣ってくださって、ほんとうに嬉しいわ。でも、私は神の前でギルベルト様の妻として彼と生涯をともにすると誓ったの。その誓約を違える気はないわ」

モロー公爵は落胆したような顔になる。

「君の信心深さには感服するが――」

「いいえ、そうではないの。私はギルベルト様を夫として敬愛しているの。だからもう、このお話は終わりにしましょう」

クリスタはにこやかに首を振った。

そこまで言われてモロー公爵も納得したのか、その後はヨッヘム王家の最近の様子などの話題に終始した。

夕刻、モロー公爵は応接間を辞去した。

すると、モロー公爵と入れ替わるようにギルベルトが部屋へ入ってきたのだ。

背後に侍従長のアントンが心配そうに付き従っている。

彼はやけに厳しい顔つきをしていた。

「まあギルベルト様、何かご用ですか？」

クリスタが迎えに出ると、いきなり腕を強く摑んで引き寄せられた。

「あっ」

ギルベルトは普段そんな乱暴なことをしないので、クリスタはびっくりした。彼はクリスタの腕をぎりりと捻《ね》じ上げる。

「私以外の男と、ずっと部屋に籠《こも》って、何をしていたんだ？」

ギルベルトは地を這《は》うような低い声で言う。

クリスタは痛みで顔を顰《しか》めた。

「痛いわ、離して」

「何をしていたんだ？」

「従兄弟がご機嫌伺《うかが》いに来たのよ。雑談をしていただけだわ」

「ほんとうにそうか？　部屋の外まで、君の楽しそうな笑い声が聞こえてきたぞ」

クリスタはかっと頰が熱くなるのを感じた。

「はしたないわ、盗み聞きですか？」

言い返されて、ギルベルトの顔も赤くなる。

「たまたま通りがかったら、聞こえてきただけだ」

クリスタはギルベルトが何に腹を立てているのか理解できない。

「どうなさったの？　ギルベルト様、いつもと違うわ」

ギルベルトはふいにクリスタの腕を離した。彼は顔を背《そむ》けて小声でぼそりとつぶやく。

「あんな風に、君が私の前で心から笑ったことはないじゃないか。愛していると言ってくれたけれど、ほんとうは違う男といる方が、楽しいのか」

「――なんですって？」

クリスタはまじまじとギルベルトの横顔を見つめた。視線を感じたのか、彼の耳朶《じだ》が赤く染まっていく。こんな感情的な彼を初めて見た。素のギルベルトを見たようで、新鮮な驚きだ。だがいわれのない非難に、少しだけ腹も立つ。

「あなただって、エレオノーラ王女にベタベタされて、脂下《やにさ》がっておられたわ」

キッとギルベルトが振り向いた。

「なんだと？」

「中庭の東屋で、二人きりでデレデレしてたではないですか」

ギルベルトがカッと目を見開く。

「覗き見していたのか？　はしたないのはどっちだ？」

クリスタも恥ずかしさに耳まで血が上った。

二人は顔を赤くして睨《にら》み合う。

やにわにギルベルトが大声で怒鳴った。

「はっきり言うが、私はエレオノーラ王女にはまったく興味がないからな！」

クリスタも声を張り上げる。

「私だって、モロー公爵には親戚に持つ以上の感情はございません！」

それから、少し恥ずかしげに付け加える。

「だって、ギルベルト様が一番なのですから」

ふいにギルベルトが表情を和らげる。

「そうか？」

「もちろん、そうですすよ」

「そうか——」

ギルベルトの口角がわずかに上がる。彼は、何が面白いのか、にまにました。

「そうか、そうか」

それから彼は、素早くクリスタの唇に口づけした。

「ぁ」

さっと唇を離したギルベルトが、小声で付け加える。

「愛しているよ」

「まぁ」

激怒したり突然機嫌を直したりするギルベルトの様子を、クリスタはきょとんとして見ていた。と、ふいにアントンが遠慮がちに咳払《せきばら》いした。

「こほん、陛下。そろそろ本題に入られた方が――」

二人は同時に飛び上がった。

アントンがその場にいたことをすっかり失念していたのだ。夫婦喧嘩《げんか》を見られた恥ずかしさに、クリスタは穴があったら入りたい気持ちになる。

ギルベルトは急に表情を引きしめ、アントンから書類を受け取ってクリスタに差し出す。

「そ、そうだ、クリスタ。私たちの新婚旅行の日程が決まったのだ。来月早々に行こうかと思う。これが詳細な予定表だ」

「ああ、待ち焦《こ》がれてました」

クリスタは嬉しさに顔を綻《ほころ》ばせた。

「首都の港から専用の客船で大洋を航海し、皇家の別荘のある小島で過ごそうと思うのだが、どうだろうか？」

クリスタは予定表を捲《めく》りながら、こくこくとうなずいた。

「島の別荘なんて、素敵だわ。ふふ、楽しみです」

ギルベルトにニッコリと笑いかけると、彼は照れ臭そうに目を逸らした。

「さっきまで髪を逆立てて怒っていたのに、もうご機嫌が直ったか。まったく、君って単純思考だな」

「あら、いつまでもねちねち根に持つ女の方がお好みですか？」

クリスタはすかさず返す。

「それはごめんこうむる。単純な君でいてくれ。そこが好きなのだからね」

「かしこまりました。嫌われたくはありませんもの」

彼の軽口にも、すっかり慣れてきた。それどころか、こうして愛情を込めてぽんぽん言い合えることが楽しみですらある。

こうして、夫婦の絆《きずな》がだんだん深まっていくのかもしれない。

その時、ふっと思い当たる。

もしかして、先ほどのギルベルトの態度は、嫉妬だったのだろうか？

クリスタがエレオノーラ王女に感じた苦々しい気持ちを、ギルベルトもモロー公爵に対して持ったのだろうか？

いつも冷静沈着なギルベルトが、そんな感情を抱いたりするのか。だが、愛情とはそういう負の感情も増幅させるのかもしれない。

嫉妬されているとわかると、なんだかニマニマしてしまう。

自分が嫉妬する時はあんなに苦しいのに、なぜだろう。

人を愛することの奥深さをクリスタはしみじみ感じる。

気持ちを告白してから、ギルベルトに対する愛情が日々強くなっていくのがわかる。

ふと気がつくと、ギルベルトがひとりで赤くなったりにんまりしているクリスタの様子を面白そうに眺めていた。慌てて表情を引きしめ、キリッとする。心の内を見透かされているようで、なんとも擽《くすぐ》ったい。

ギルベルトが得意げに言う。

「今の君の心の中を当ててやろうか。『ギルベルト様、好き』だろう？」

「では、あなたの心中もお察ししますわ。『クリスタは可愛《かわい》いな』でしょう？」

二人は顔を見合わせて、思わずふふっと吹き出した。

「ええと、では私はこれにて失礼させていただきます。あとはお二人で存分に」

アントンが辟易《へきえき》したような顔で、そそくさと部屋を出て行った。

——翌日。

モロー公爵が帰国するので、クリスタは見送りをしようと少し早目の時間に、城の正門へ向かった。

正面玄関前に、モロー公爵専用の馬車が寄せられてあった。

馬車の陰に、ちらりとモロー公爵の姿が見えた。クリスタは声をかけようとして、ハッとする。モロー公爵は見覚えのある金髪の淑女《しゅくじょ》と何か熱心に話し込んでいたのだ。

エレオノーラ王女だ。

二人は知り合いだったのか？

だが、ヨッヘム王国とアダン王国との間にはまだ国交はないはずだ。

クリスタは遠慮がちに声をかけた。

「モロー公爵？」

モロー公爵とエレオノーラ王女が、びくりとして振り返る。

「で、では、ごきげんよう」

エレオノーラ王女は手に持っていた扇で顔を隠すようにして、クリスタを一瞥《いちべつ》もせずにさっと城の中に戻っていった。

モロー公爵が取り繕うような笑顔を浮かべた。

「や、やあ皇妃様。わざわざお見送りとはすまないね」

「モロー公爵、エレオノーラ王女殿下と顔見知りなの？」

「いや、ついさっき、門前で偶然お見かけして、時節の挨拶をしていただけだ」

「そうなのね」

挨拶にしてはやけに親密そうだったが、そんなことを口にするのは失礼だろうと、胸の中だけで収めた。

モロー公爵は馬車に乗り込むと、窓から顔を出して挨拶した。

「では、また近いうちに会おう」

「父上によろしく伝えてちょうだいね」

「いいとも。ではさらばだ」

馬車が走り出し、クリスタは街道の向こうにその姿が見えなくなるまで見送った。ふと、そちらの方向はヨッヘム王国へ続く道筋ではないと気がついた。

おそらく、モロー公爵は気の向くままに旅行を楽しむつもりなのだろう。

他人を疑うことを知らないクリスタは、そう思い込んだ。

数日後、エレオノーラ王女も何事もなく帰国し、クリスタはようやく気持ちが落ち着いたのだった。


「明日は、隣国のシュナイダー国王が来訪する。私が結婚したので、表敬訪問が増えてしまった。次から次へと、千客万来だ」

久しぶりの二人きりの晩餐《ばんさん》の席で、ギルベルトが肩を竦《すく》めた。彼が公務のことでぼやくのは珍しい。来月の新婚旅行に向けて、ギルベルトは執務の調整で多忙を極めている。相当に無理をしているのだろう。

クリスタは少しだけ疲れの見えるギルベルトの様子に、胸を痛める。自分の方は、初めての航海の旅にウキウキ浮かれているだけだったからだ。少しためらってから、前々から考えていたことを口にした。

「あの――ギルベルト様、私が来賓の接待を受け持ちましょうか？」

ギルベルトが目を瞬く。

「君が？」

クリスタは出すぎた申し出で彼が気を害したかもしれないと思い、慌てて付け足す。

「もちろん、政治的な来賓の方は、ギルベルト様にお任せします。でも、結婚の祝いや友好目的で来訪される方々なら、私でも接待できることもあるかと思うのです」

ギルベルトはじっとこちらを見る。

「国賓級の接待は、責任が重いぞ。相手の気分を害したら、外交問題にもなる」

少し厳しい声で言われたが、少しでもギルベルトの力になりたかった。

国力の衰えたヨッヘム王国の後ろ盾がなくても、ギルベルトを支えるためにできることはあるはずだ。それに、自分だって皇妃なのだ。いつまでもギルベルトのおまけで、お飾り皇妃のような立場でいたくない。

「承知しています。ですから、あの、はじめは当たり障りのなさそうな方々から……」

語尾に力がなくなり、自信のなさが出てしまう。

ギルベルトはしどろもどろになったクリスタの様子を見て、ふいに破顔した。

「ふふっ、きっぱりしたりもごもごしたり、そういうところがほんとうに可愛いな。でも、よくぞ申し出てくれたね。君のそういう心意気が、とても嬉しいよ」

ギルベルトが心から嬉しそうに言ってくれたので、クリスタは胸を撫《な》で下ろした。

「よし、では君に、シュナイダー国王の接待を任せよう。シュナイダー国王と私は長年親しく付き合いがあり、互いに気心も知れている。国王は高齢で車椅子に乗っているが、とてもよい方だ。それほど城内を移動したがらないだろう。接待といっても、おしゃべりの相手をするくらいだ。アントンを補助役に付けるから、何かあったら彼に相談すれば間違いないだろう」

クリスタは胸を撫で下ろす。ギルベルトが自分の申し出をきちんと受け入れてくれたことに、望外の喜びを感じるとともに重責を任されたという緊張感も覚えた。

「わかりました！　私、きっとギルベルト様のお役に立ちます」

両手をぐっと胸の前で握りしめる。

ギルベルトは目を眇《すが》めた。

「朝焼けの君のお手並み拝見といこうかな」

優しく言われて、クリスタはニッコリ微笑む。そしてさらにやる気が出た。

「お任せください」

翌日、クリスタは早朝から気合を入れておめかしをし、シュナイダー王国に関する資料を繰り返し読み、頭に内容を叩き込んだ。

シュナイダーは古い歴史を持つ由緒ある王国だ。旧弊な政治制度を貫いていて、まだまだ文化は発展途上だ。だが、鉱産物に恵まれているので、ホルガー帝国には重要な交易相手である。現国王は八十を超え、歩行が困難で車椅子で移動しているという。

ヨッヘム王国では、今は亡き祖父に可愛がられた記憶のあるクリスタは、穏やかな好々爺《こうこうや》を想像していた。

だが――。

到着した馬車から、侍従たちに抱えられて車椅子ごと降り立ったシュナイダー国王は、出迎えたクリスタをひと目見るなり不機嫌そうなしわがれ声を出した。

「なんだ、小娘の出迎えか」

クリスタは笑顔を絶やさないようにして、挨拶する。

「ようこそおいでくださいました。私は皇妃クリスタでございます。シュナイダー国王陛下におかれましては、ごきげん麗しく――」

「ちっとも麗しくないわ。天気が悪くて、湿気が多い。あちこち痛む」

素っ気なく言われ、クリスタは言葉に詰まる。天気の文句を言われても、クリスタにはどうしようもない。気を取り直し、にこやかに言葉を続けた。

「このたびの一週間の滞在におかれましては、お城の最上階の特別貴賓室をご用意しまして――」

「儂《わし》が足が不自由と承知しての、最上階の部屋かね？」

シュナイダー国王は語気鋭くクリスタの言葉を断ち切った。

クリスタは内心狼狽《うろた》える。

「も、申し訳ございません。気が回りませんでした。すぐに一階にお部屋を用意します」

後ろに控えるアントンに目配せすると、彼は素早く城内に走っていく。アントンなら、即座に部屋を用意してくれるだろう。

「それでは、一階の控えの間にご案内します。お茶とお菓子で、ゆっくり寛いで旅のお疲れを癒してくださいませ」

「儂は甘いものは苦手じゃ」

シュナイダー国王は吐き捨てるように言う。

クリスタは心の中でギルベルトを少しだけ恨んだ。

いい方と聞いていたのに——頑固爺さんではないか。とは、口には出さないが。

言葉に詰まっているクリスタに、侍女長のアデルが横からそっと声をかける。

「皇妃様、取《と》り敢《あ》えず、控えの間にご案内をいたしましょう」

クリスタは我に返り、うなずく。

「では、陛下、城内へどうぞ」

促そうとすると、シュナイダー国王ががらがら声で喚《わめ》いた。

「そこもとの城内は、暗くて陰気臭くて湿気が多い。節々が痛んで仕方ないわ」

クリスタは慌てて言い足す。

「湿気を飛ばすために、暖炉の火を入れておりますので」

「暑いのも嫌じゃ」

言いたい放題で手がつけられない。

だが手を拱《こまね》いているわけにはいかない。

クリスタは意を決して、さっと前に出ると、シュナイダー国王の背後に周り、車椅子の取っ手に手をかけた。シュナイダー国側の侍従たちが、驚いたように身を引く。

クリスタはゆっくりと車椅子を押し始めた。

「とにかく陛下、門前では何もできません。お城へご案内します」

シュナイダー国王は驚いたようにクリスタを見上げた。

「やめてくれ。小娘に車椅子を押されては、事故の元じゃ」

「私、祖国ではずっと、病弱な父の車椅子を押して移動させてあげていました。大丈夫です、慣れておりますから」

そのまま手際よく車椅子を押して、城内へ入った。

両国の侍従や侍女たちが、慌てて後に続く。

「どこに連れて行くつもりじゃ」

シュナイダー国王がぶすっとして言う。

クリスタはにこやかに答えた。

「サンルームへご案内しましょう。一面ガラス張りで、それは明るく暖かく居心地のいいサンルームですわ」

クリスタは控えの間の前を通り過ぎ、庭に面した回廊へ向かった。歩きながら、クリスタはアデルに命じる。

「サンルームへお茶の準備をしてちょうだい。あと、御用達農家から今朝届いたばかりのチーズとパンを何種類か用意してね。それと、先に足洗いのお湯と鉢とタオルを急いで持ってきてください」

「かしこまりました。一班、お湯とタオルの用意を。二班、お茶の支度。三班は、厨房でチーズを調達しなさい」

アデルがきびきびと侍女たちに指示を飛ばす。

クリスタがサンルームに辿り着くと、アデルがさっと前に出て扉を開けた。

「さあ、陛下、ここが我が城自慢のサンルームですわ」

吹き抜けの天井には丸いガラス窓がはめ込まれ、広々としたサンルームにはさんさんと日が降り注いで明るく暖かい。南国の観葉植物があちこちに置かれていて、緑が目に優しい。

「ほお――」

シュナイダー国王が思わず感嘆の声を漏らした。

クリスタは南側の一番居心地のよい場所まで車椅子を押していった。

ちょうど侍女たちが、足湯の入った鉢とタオルを持って入ってきた。

「ありがとう。ここに置いてちょうだい。あとは私がやりますから」

クリスタは絹の手袋を脱ぐと、レース飾りの付いた袖を捲《まく》り上げた。そして、シュナイダー国王の前に跪《ひざまず》き、そっと靴を脱がそうとした。

シュナイダー国王は目を丸くした。

「皇妃陛下、自らそのようなことをするのか？」

クリスタは素足にしたシュナイダー国王の脚を持ち上げ、片脚から鉢の湯の中に浸《つ》けた。そして、ゆっくりと足指を揉《も》みほぐす。

「お湯加減は、熱くはないですか？」

手を動かしながらたずねる。

「むーーなかなかうまいな」

シュナイダー国王が感心したような声を出した。

クリスタはニッコリする。

「私の父は二年前に倒れ、寝たきりになってしまいました。毎日私がこうやって揉んで、脚の血行をよくしてあげていたんです。父は気持ちいいと、たいそう喜んでくれましたので、僭越《せんえつ》ながら、陛下のおみ足も同じようにして差し上げたいと思いました」

シュナイダー国王の表情が、わずかに柔和《にゅうわ》になる。

「確かに――身体がぽかぽかしてきた」

「よかったです。血の流れがよくなったのですね」

クリスタはシュナイダー国王の両脚を丹念に揉みほぐしてから、タオルで丁寧に拭《ふ》き、侍女に用意させた新しい毛織の靴下を履《は》かせた。

ちょうど、アデルが茶器を載せたワゴンを押して入ってきた。クリスタはワゴンに近づき、ポットからお湯を注ぐ。

「さあ、ではお茶にいたしましょうか、陛下。お気持ちの安らぐハーブティーはいかがでしょう。ローズヒップとオレンジ、レモングラスを配合した、私のお気に入りのハーブティーがおすすめです。ヨッヘム国流で、ポットで淹《い》れるお茶は茶葉を気にしなくていいので、飲みやすいですわ」

「む――では、それを貰うかな」

クリスタは手ずからお茶を淹れ、陶器のカップをシュナイダー国王に手渡す。シュナイダー国王は香りを嗅《か》いでから、ゆっくりとお茶を啜《すす》った。そしてうなずく。

「これは、よい香りだ」

クリスタは侍女に手配させた数種類のチーズを薄く切り、パンを添えて白い皿に並べてフォークを添えて差し出す。

「甘いものは苦手ということですので、今朝作りたての新鮮なチーズをお召し上がりください。チーズには血流をよくする成分が含まれていて、とても健康によいそうですよ」

「うむ」

皿を受け取ったシュナイダー国王は、チーズを口にし、目を見開いた。

「こんなまろやかなチーズは初めて食すぞ」

クリスタはニコニコした。

「そうでしょう？　ホルガー帝国は、食品加工技術が発達していますが、特にチーズの改良には力を注いでいます。私もこの国に嫁《とつ》いできて、チーズのあまりの口当たりのよさに、おかわりを所望してしまったくらいです」

説明しながらクリスタは、さりげなく手にした扇でシュナイダー国王の顔に日よけを作った。

シュナイダー国王はわずかに声色を柔らかくする。

「皇妃陛下、貴女は半年前に敵国ヨッヘムから嫁いでこられたそうだが、まるで生まれながらにこの国の人間であるかのようになじんでおられるな。ずいぶんと努力なされたのではないか？」

クリスタは首を振る。

「いいえ、ギルベルト皇帝陛下がとても寛大なお方で、常に私を気遣い優しく導いてくださるので、何も苦労はございません」

それは心からの言葉だ。

愛する彼が傍にいるだけで、クリスタはどんな困難も頑張って乗り越えていけそうな気がするのだ。

シュナイダー国王はじっとクリスタの顔を見つめていたが、ふいに改まった口調になった。

「今すぐ、ここにギルベルト陛下を呼んでくれ」

クリスタとアデル始め侍女たちは、ハッとして動きを止める。

クリスタは内心狼狽えながらも、穏やかな顔でたずねる。

「へ、陛下、何かお気に障りましたでしょうか？　おっしゃってくだされば――」

「よいから、ギルベルト陛下を呼ぶのだ」

シュナイダー国王は厳然として言い張った。

クリスタはアデルに目配せした。アデルが素早くサンルームを飛び出していく。

サンルームを沈黙が支配した。

クリスタは悄然《しょうぜん》としてしまう。

心を込めて接待したつもりだったが、シュナイダー国王のお気に召さなかったのか。

ほどなくして、慌ただしくギルベルトがサンルームに入ってきた。顔色を変えたアントン始め臣下たちも続いている。

ギルベルトは足早にシュナイダー国王の前に進み出ると、最敬礼した。

「ご無沙汰をしております、陛下。何事でございましょうか？」

彼の態度はあくまで落ち着いて見えたが、ちらりとクリスタに投げた視線には気遣わしげな色があった。

クリスタはせっかく大役を任せてくれたギルベルトの期待に応えられなかったと、申し訳ない気持ちでいっぱいになり、顔をうつむけてしまう。

「ふむ――ギルベルト陛下、どうしても皇妃陛下の前で、貴殿に直に言いたいことができてな」

「は、なんなりと。万が一、我が皇妃が何か失礼をいたしたのでしたら――」

ギルベルトはさっとクリスタの傍に立つ。そして、力づけるように腰に手を回して引き寄せた。

「責任は夫たる私にあります」

ギルベルトは毅然《きぜん》とした態度で言った。

彼の心強い言葉に、クリスタは伏せていた顔を上げた。

「いいえ、シュナイダー陛下、全ては私が至らぬせいでございます。お咎《とが》めがあるのなら、どうか、私一人にお願いいたします」

クリスタの凜《りん》とした口調に、アントンや臣下たちは感じ入ったように深く頭《こうべ》を垂れた。

「ふむ――」

シュナイダー国王は鋭い眼差しで二人をまじまじと見た。

直後、シュナイダー国王は満面の笑顔になったのだ。

「賢く心優しきよき皇妃を娶《めと》られたではないか？　ギルベルト陛下」

「は？」

ギルベルトとクリスタは一瞬呆気《あっけ》に取られる。

シュナイダー国王は、今までと人が変わったように穏やかな声を出す。

「いやいや、頑固ジジイを演じるのはなかなか骨が折れたぞ」

ギルベルトが目を瞬く。

クリスタはぽかんとした。

「ど、どういうことですか？」

シュナイダー国王がにこやかに話しかけた。

「皇妃殿下。私はギルベルト陛下を我が息子同然のように思っておりましてな。ギルベルト陛下が敵国の姫を娶られたと知って、内心気を揉んでいたのですよ。どのような皇妃であられるか知りたいと思いまして、失礼を承知でひと芝居うたせてもらったのだ」

クリスタは目を丸くする。

「お芝居……？」

シュナイダー国王はうなずく。

「あなたは私の無礼な態度にいやな顔ひとつせず、心を込めて私を接待してくださった。感服しましたぞ。これまでの数々の無礼、許していただきたい。あなたこそ国賓の接待役にふさわしいお方だ。そして——」

シュナイダー国王はギルベルトに顔を向け、満足げにうなずいた。

「ギルベルト陛下、あなたは最高のご伴侶を選ばれた」

ギルベルトの目元がわずかに赤らんだ。

そして、ギルベルトは清々しい表情になる。

そして、胸を張って誇らしげに言った。

「もちろんです。クリスタは最高にして唯一人の私の妻です。私は、彼女を心から愛しています」

澄んだ声がサンルームの隅々まで響いた。

ギルベルトはクリスタに向き直り、真正面から見つめた。

そこには、ますます男らしさが増した彼がいて、クリスタはドキンと心臓が跳ね上がるのを感じた。

「クリスタ、愛している——今までも、これからも。君ほどの人は世界中探してもいない。君しかいないんだ」

彼の両手が差し伸べられた。クリスタの胸がきゅんと甘く高鳴った。

自然と言葉が唇から溢《あふ》れた。

「私も、愛しています、ギルベルト様。あなたの傍が私の永遠の居場所なのよ」

クリスタは自分の両手をその手のひらに預ける。ぎゅうっと痛いほど強く握られた。

二人の視線が絡む。

そこには、ただ互いへの情愛だけがあった。

周囲の景色も音も消え去る。

クリスタは目も眩《くら》むような幸福感に包まれていた。

と、ふいにぱんぱん、と手を打ち鳴らす音がした。

ギルベルトとクリスタは、ハッと我に返る。

「めでたいことじゃ。若く美しい二人の愛の告白に立ち会えるとはな。眼福じゃ」

シュナイダー国王が目を細めて手を叩いていた。

アントン、臣下たち、アデル始め皇帝家付きの侍女や侍従たちがずらりと並び、全員が微笑ましそうにこちらを見ている。

「あ」

「きゃ……」

ギルベルトとクリスタは同時に声を上げ、赤面した。

うっかり二人だけの世界に入ってしまった。

慌てて手を離す。

アントンが進み出て、感慨《かんがい》深い声で言った。

「おめでとうございます、お二方。私はずっとお二人をお傍で拝見していて、焦《じ》れったいことこの上なかったですよ。いつ、お二人が堂々と公に愛を宣言なさるのかと心待ちにしておりました。陛下、今のお言葉、真実でございますね？　これだけの証人がおりますぞ」

ギルベルトは唇を引き結ぶと、ぐっとクリスタの腰を引き寄せた。そして、きつく抱きしめてきた。

「無論だ。クリスタを愛している。世界で一番、クリスタを愛している」

彼は吹っ切れたように、きっぱりと告げた。

甘い言葉と熱い抱擁《ほうよう》に、クリスタは身も心も蕩《とろ》けてしまいそうになる。

「私も、誰よりもあなたを愛しています」

気持ちを込めて告げると、そっと唇が重なった。

「ぁ、ん……」

皆が見ている、と拒もうとしたが、心地よい口づけのもたらす多幸感に頭の中が酩酊《めいてい》して、もう何も考えられなかった。

サンルームに降り注ぐ日差しが、二人を温かく包んでいた。

その日のうちに、皇帝陛下の一世一代の愛の告白事件は、城中に知れ渡ることとなった。

それまで周囲に、あまりに完全無欠で少しばかり人間味が欠けているくらいに見られていたギルベルトの熱い愛の宣言は、人々の彼への敬愛をさらに深めることとなった。同時に、そんなギルベルトに情熱的に愛されているクリスタへの尊敬と羨望《せんぼう》も、いやが上にも高まったのである。

シュナイダー国王歓迎の晩餐会は、皇帝夫妻の仲睦まじさへの祝賀ムード一色に染まった。シュナイダー国王は終始非常に機嫌がよく、軽口でギルベルトたちを冷やかし、恥じらう二人に笑みを深くするのだった。

——深夜。

ギルベルトとクリスタは、気持ちが昂《たかぶ》って眠れず、部屋着にガウンを羽織って、手を繫いで中庭をそぞろ歩いた。

クリスタは宝石箱をひっくり返したような夜空に煌《きら》めく星々を見上げながら、ため息交じりにつぶやく。

「ああ……すごく幸せだわ」

ギルベルトが愛《いと》おしげにその横顔を見つめる。

「君が幸せだと、私の方こそ天にも上る心地だよ」

クリスタは潤んだ瞳でギルベルトを見返した。

「ちょっと恥ずかしかったけれど、愛情を隠さず、皆に祝福されるって、こんなにも満ち足りた気持ちになるのね」

「そうだな。私たちは、これからもこうやって正直に心の内を明かし合おう」

「ええ、ずっと寄り添って、愛を深めていきましょうね」

中庭の噴水のある小広場に出た。

月が煌々《こうこう》と照らしている。

クリスタはギルベルトの両手を取って、誘う。

「ね、踊りましょう。ずっとギルベルト様と楽しくダンスを踊りたかったの」

これまでは、公の場での儀礼的なダンスしか踊ってこなかった。

特に愛を打ち明け合う前はぎこちなくて、心ゆくまでダンスを楽しめなかったのだ。

「いいね、朝焼けの君。一曲お願いします」

ギルベルトがおどけた動作で一礼する。クリスタはガウンの裾を摘み、気取ったお辞儀を返す。

ギルベルトがクリスタの片手を握り、もう片方の手を背中に回してきた。

「では」

ギルベルトがステップを踏み始め、クリスタは滑るように彼のリードで踊り出す。

ギルベルトの巧みなリードに身を任せるだけで、まるで空中に浮いているみたいな浮遊感があった。

「ああ、素敵、やっぱりギルベルト様のリードは世界一だわ」

「君こそ、羽毛みたいに軽やかだ」

二人は互いの瞳の中に映る愛に満ちた自分の顔を見つめた。

クリスタがガウンの裾を踏んでわずかによろめく。

「あ」

「おっと」

すかさずギルベルトが胸の中に抱き留めてくれた。二人の身体は少し汗ばみ、体温が高まっていた。

「ふふっ」

「ふふ」

二人は息を乱して笑い合う。

ふいにギルベルトは両腕をクリスタの背中に回し、きつく抱擁してきた。そのまま無言で身を屈《かが》め、唇を重ねてくる。

「んんっ……」

濡れた舌先が強引に唇を割り開き、深く口中をまさぐってくる。彼の肉感的な舌が、荒々しくクリスタの口腔《こうこう》を味わう。

「あ、ふぁ、あ……」

息苦しくて、弱々しくギルベルトの胸元を押し戻そうとしたが、逆にさらに情熱的な口づけを仕掛けられ、くったりと身体から力が抜けてしまう。同時に、淫らな欲望の火が、身体の芯を熱くする。

「はぁ、は……ぁ」

唇が解放されると、クリスタは熱を孕《はら》んだ瞳でギルベルトを見上げた。

「ああ、その目」

ギルベルトがたまらないといった表情をする。

「知っているかい、クリスタ。君は淫らな気持ちになると、その水晶の瞳の奥に赤い炎が燃え上がるんだよ」

ギルベルトは言いながら、自分のガウンを片手でするりと脱ぎ捨てた。

そして、クリスタの腰を抱いて反転させ、噴水の淵《ふち》に両手をつかせた。そしてクリスタの部屋着の裾を腰の上まで捲り上げた。入浴後なので、下穿きを着けていなかった。さっと夜の空気が剝《む》き出しの股間に入り込み、内腿に鳥肌が立つ。

「あっ、こんなところで……」

クリスタは狼狽える。

だが、ギルベルトは躊躇《ちゅうちょ》なく背後からクリスタの和毛《にこげ》をかき分け、秘所の中心に触れてきた。花芯《かしん》を触れるか触れないかの力で撫でられ、ぞくぞくと背中が震《ふる》えた。

「あうっん」

思わず甘い鼻声を漏らしてしまう。

「もうぬるぬるしているね」

綻《ほころ》んだ花弁《かべん》は、口づけの刺激だけでたっぷりと蜜をたたえていた。ギルベルトの長い指が、そのままぐにぐにと媚肉《びにく》の奥をかき回す。疼《うず》く内壁が、きゅんと締まった。

「んんんっ」

「挿入《い》れてもいいか」

返事を待たずに背後でギルベルトが部屋着を寛げる衣擦れの音がして、淫らな期待に蜜口《みつくち》からさらに愛蜜が零れ出た。

ひくつく割れ目に、硬く熱い肉棒の先端が押し当てられ、ぐぐっとカリ首が狭い入り口をくぐり抜ける。

「っ、ひあああっ」

一瞬にして、甘い痺《しび》れと快感が全身を貫き、クリスタは甲高《かんだか》い嬌声《きょうせい》を上げてしまう。

「く――奥が吸い付いてくる」

ギルベルトは低く唸《うな》り、子宮口の手前あたりの膨れた箇所を力任せに突き上げてくる。クリスタが際限なく感じて乱れてしまう場所だ。

「ああっ、あ、あぁ、だめぇ、そこ……っ」

たちまち頭が快楽に真っ白に染まり、我を失いそうになる。思わず逃げ腰になると、ギルベルトが細腰を抱えて引き寄せた。そして、浅い抽挿《ちゅうそう》を繰り返してわざとぐちゅぐちゅと卑《ひ》猥《わい》な水音を立てる。

「だめじゃない、好きだろう？　ここをこんな風にされるのが――」

ギルベルトは片手をクリスタの股間にくぐらせ、すっかり勃ち上がっている花芽《かが》をいじってくる。鋭い喜悦に蜜口から隘路《あいろ》の奥までが、うねるように蠕動《ぜんどう》してしまう。

「ひ、んんう、だめ、そこも、しちゃ……あ、はぁ、は、はぁぁ」

唇を噛み声を押し殺して、甘く啜り泣く。屋外に自分の恥ずかしい嬌声が響くことをはばかったのだ。

「我慢しないで、クリスタ、私たちを見ているのは星と月だけだ」

ギルベルトはさらにクリスタの腰を強く摑み、深く挿入したままがつがつと激しく穿《うが》ってきた。

「ああっ、あ、だめ、あ、も、あ、も、達っちゃ……う」

強烈な愉悦が最奥《さいおう》から脳芯まで走り、クリスタは背中を仰《の》け反《ぞ》らせびくびくと四肢を痙攣《けいれん》させて極めてしまう。

激しい喜悦のうねりがクリスタの全身を走り、絶頂の高波に何もかも押し流されてしまう。感じ入った膣内が、ぎゅうっとギルベルトの欲望を締め上げる。

「う――そんなに締めては、もたない、クリスタ」

ギルベルトが密やかな呻《うめ》き声を上げ、動きを止める。

同時に、熟れ襞に包まれた剛直がびくびくと大きく震え、熱い欲望が迸《ほとばし》る。

「は……ぁ、あ、ぁ、あぁ……」

クリスタは深い幸福感に目を強く瞑《つむ》る。

まだ胎内でびくついているギルベルトの欲望の動きに、再び軽く達してしまう。

やっと心が通い合った。

身も心もとろとろに甘く溶け合ってひとつになる。

「――愛しているよ、クリスタ」

悩ましい彼のささやき声は、最後は熱い吐息に変わる。

「私も……ギルベルト様、愛している……」

肩越しに気だるい眼差しを送ると、同じように快楽の余韻に酔った表情のギルベルトが、唇を重ねてくる。そのまま濡れた舌が口唇に忍び込み、愛の深さを伝えるような激しい口づけを仕掛けてくる。

「ん、んぅ、んん……」

クリスタも夢中になって彼の舌に応えた。

これからもこうやって互いの愛を確かめ合い、分かち合うのだと心の中で強く誓った。

一週間の間、クリスタはシュナイダー国王を心を込めて接待し、すっかり仲良くなった。シュナイダー国王は、ホルガー帝国と優先的に交易を行うことを盟約し、再会を約束して帰国していった。

その後、友好目的で来訪する国賓の接待は、クリスタが受け持つことになる。

明るくハキハキして気働きのできる皇妃クリスタの接待は、各国の来賓に絶賛された。そして、ホルガー帝国内でのクリスタの評価もぐんと高まり、敵国の王女という印象はすっかり薄れていったのである。


「ああすごいわ、ギルベルト様。見渡す限り、海と空ばかり。夕日が照り映えて、世界が紅一色に染まっている。なんて美しいの」

クリスタは声を弾ませ、皇帝家専用の客船のデッキで、水平線に落ちていく夕陽をうっとりと眺めていた。

本日、クリスタは念願の新婚旅行の航海に出立したのだ。

生まれて初めて見る大洋の広さに感激しっぱなしであった。

飽きることなくデッキの手すりにもたれて海を眺めていた。客船についていて泳ぐイルカの群れを見つけて歓声を上げ、釣りの得意なギルベルトが大きなカジキマグロを釣り上げ格闘する姿に声援を送った。

「クリスタ、いつまでも潮風に吹かれていると、風邪を引くぞ」

ギルベルトが声をかけて、ふわりと肩にショールを巻き付けてくれる。彼は釦《ボタン》を外したシャツにトラウザーズというくだけた服装だ。かくいうクリスタも、締め付けの少ないゆったりとした軽いドレスを着ている。プライベートな新婚旅行なので、二人とも思いきり自由な服装で羽を伸ばしているのだ。

そのままそっと背後からギルベルトに抱き竦められる。

「だって、見てごらんなさいな、ギルベルト様。あんなに見事な夕日なのよ。空も海も朱色から、徐々に紫色に染まって、なんて雄大で美しいの」

クリスタは興奮した口調で話しかけた。

「夕日より、君の方がずっと美しい。落日に染まって、君の髪も頬も燃え上がる火のように輝いている」

ギルベルトが耳元で熱くささやく。

「ふふ、ギルベルト様ったら……」

クリスタは甘えるようにギルベルトに身をもたせかけた。

公に愛の告白をしてから、二人は素直にどこでも自分たちの気持ちを出せるようになった。

さらに夫婦の絆《きずな》が深まった気がする。

特にギルベルトは、これまでの想いが堰《せき》を切ったように、クリスタにいつでもどこでも惜しみなく愛情を注いでくれる。人前でもあまりに過剰ほどに愛を口にされ、さすがのクリスタもたまに腰が引けてしまうくらいだ。

でも、今は新婚旅行中だ。

どんなに甘くいちゃついても構わないだろう。

「こっちにおいで。カウチで寛ぎながら夕日を見よう」

ギルベルトがクリスタの手を取り、デッキに設置された大きなカウチに導く。カウチの傍のサイドテーブルには、果物やカクテルなどが用意されていた。

クリスタとギルベルトは並んでカウチに身を預けた。

「背中を痛くしないようにな」

ギルベルトはクリスタの背中に柔らかなクッションを押し込み、サイドテーブルからカクテルグラスを取り上げ、ひとつをクリスタに渡す。彼は軽く自分のグラスを打ち合わせた。

「明日の朝には、皇帝家所有の島に到着する。小さいが、緑滴るそれは綺麗《きれい》な島だ。きっと君は気に入るよ——君の水晶の瞳に乾杯」

彼は気障《きざ》な台詞《せりふ》をさらっと言うと、ぐっとグラスをあおった。

「とても楽しみだわ、乾杯」

クリスタもグラスに口を付ける。甘く口当たりのいいカクテルが、ゆっくりと胃の中に染みていく。

「ああ美味しい。最高の気分だわ」

「もっとこっちにおいで」

ギルベルトがクリスタの腰をぐっと引き寄せる。彼の引きしまった腹部に自分の身体が半分乗っかるような格好になり、クリスタは頬を赤らめた。

「だめよ、はしたないわ」

「構うものか、私たちの邪魔をするものは何もないよ」

クリスタはちらりと周囲を窺《うかが》う。

さっきまで立ち働いていた侍従たちは、いつの間にか一人残らず階下の船室に姿を消していた。

訓練の行き届いた彼らは、ギルベルトの合図ひとつで素早く命令に従う。

「ほら、もうここには空と海しかない」

ギルベルトが得意そうに言い、クリスタの結ばずに背中に梳《す》き流した長い髪の毛を撫でる。

「そして、私と君だけだ」

優しく髪を撫でられるだけで、クリスタの身体はじんわり熱くなってくる。

ギルベルトはクリスタの手からカクテルのグラスを取り上げると、それを飲み干した。そして、そのまま唇を重ねてくる。

「んんぅっ」

口移しでカクテルを飲まされ、とろりと甘い液体が喉を滑り落ちていく。一滴残らず流し込まれ、お酒に弱いクリスタは身体がかあっと火照《ほて》ってくるのを感じた。そのまま、ギルベルトの舌が口腔に侵入して、ねっとりと舐め回してきた。

「ぁ、ふ、ぁん、ん……」

遠慮がちに自分の舌を差し出して、ちろちろとギルベルトの舌先を刺激する。待ってましたとばかりに彼の舌が絡んできて、強く吸い上げてきた。

「んんんっ、ん、んぅっ」

深い口づけに、頭の中が淫らに蕩けて腰がゆるゆると揺れた。するとギルベルトもそれに呼応するように、自分の下腹部を押し付けてくる。

すでに熱く硬化しているギルベルトの欲望の大きさを感じて、クリスタの身体の芯がじわりと劣情で疼いた。

「ん……だめ……」

身を引こうとすると、ギルベルトはさらに腰を擦り付けるようないやらしい動きをしてみせる。彼は執拗《しつよう》にクリスタの舌を舐《ねぶ》りながら、片手で自分のトラウザーズを下穿きごとずり下げた。

そそり勃つ灼熱の欲望があらわになる。ギルベルトは剥き出しの剛直をクリスタの腰に押し当て、掠《かす》れた声でささやく。

「ね――舐めてくれるか？」

「え――」

戸惑《とまど》っていると、ギルベルトは身体をずらし、クリスタの頭をそっと自分の股間に誘導した。目の前の雄々しい雄茎の迫力と、ぷんと鼻腔《びこう》をつく濃い欲望の香りに息を呑む。傘の張った先端からは、先走りの透明な液が吹き零れている。

「いつも、私が君の秘密の部分にしてあげているように、ここに口づけして、舐めてほしい」

「な、舐めるの……？」

ギルベルトがクリスタの秘所を執拗に舐めて心地よくしてくれた記憶が蘇《よみがえ》り、下腹部が妖しくざわめいた。同じように、彼にも悦《よろこ》んでほしい。

「……ん……」

クリスタはおそるおそる肉棒の根元を両手で包み込み、先端にそっと舌を這《は》わせてみる。

「ふ――」

ギルベルトが綺麗な眉を顰《ひそ》め、ため息をついた。クリスタは太い血管の浮き出た肉胴に舌を押し当て、ゆっくりと舐め上げ舐め下ろした。そうしながら、ちらりとギルベルトの表情を窺う。

彼の端整な顔に艶めいた色が浮かび、ぞくぞくするほど悩ましい。

そんな顔を見せられると、クリスタの心臓がドキドキ甘くときめいた。

「んぅ、ふ、ふんんぅ……」

ギルベルトの顔をチラ見しながら、屹立《きつりつ》に舌を絡め、何度も舐め回した。

「――クリスタ、上手だ、悦いよ」

ギルベルトは熱っぽい声を漏らし、片手で愛おしげにクリスタの髪を撫でる。

「……ん、ふ、ふぁ……んん」

クリスタの舌の動きに応じて、剛直がビクビク跳ね、先端から吹き零れる先走り液が頬を淫らに濡らした。

「クリスタ、全部咥《くわ》えて、君の口の中で舐めて――」

ギルベルトが亀頭の先をクリスタの唇の間に捻《ね》じ込んできた。クリスタは素直に口を開く。

「あふぁ、ん、んんんぅっ」

脈打つ欲望が口腔に押し込まれる猥《みだ》りがましい感触に、クリスタは目を見開いた。

喉奥まで太茎が侵入し、息が詰まりそうになる。口中に先走り液のかすかな塩味が広がっていく。

苦しいのに肉体はひどく昂っていく。

「舌で、裏の括れのあたりを舐めてみて」

「んぅ、ん、くちゅ、んちゅ……ぅ」

言われるままに舌先で亀頭の括れと裏筋を舐める。びくんと、口の中でギルベルトの欲望が跳ねた。彼が感じてくれていることに胸が躍り、苦しさに耐えながら舌を蠢《うごめ》かせた。

「は、はぁん、ふぁ、くちゅ、ちゅぶ、ちゅ……はふぅ」

溢れる唾液《だえき》を弾かせながら、夢中で舌を使っているうちに、次第にギルベルトの反応でどうすればいいのかがわかってくる。

唇を窄めて、きゅっきゅっと扱《しご》くように頭を上下に振り立てたり、亀頭の割れ目に舌先を押し込み、くりくり刺激したりした。

「ああ悦いね、すごく、悦い。クリスタ、もっと強くして」

ギルベルトが酩酊した声を出し、クリスタの髪をくしゃくしゃにかき回した。

「ぁふあん、んぁ、ふぁあん」

えずきそうなほど深く肉棒を呑み込むと、脈動する裏筋が口蓋《こうがい》の感じやすい部分を擦っていき、艶かしい疼きがクリスタの全身に広がっていく。

「んふぅ、ふ、ふぁうんん」

慣れない動きで顎《あご》がだるくなってくるが、ギルベルトが心地よくなっていると思うと嬉しくて、必死になってカリ首から根元まで咥え込み、舐めしゃぶった。

「はあ――クリスタ、君って、ほんとうに可愛い、健気で、いやらしくて――」

ギルベルトが息を乱し、腰を前後に振り立て始める。硬い先端が喉の奥を突き、息苦しさに目尻に涙が溜まるが、夢中になって舌を使い頭を振り立てた。

「あ、んぐ、あ、ふ、ぐぅ、んんんんっ」

二人きりとはいえ、屋外でこんなはしたない行為に耽《ふけ》っている自分の姿を想像すると、淫靡な気持ちが全身を満たし、触れられてもいない秘裂《ひれつ》からとろとろいやらしい蜜が溢れてくる。内壁がせつなく疼いて、腰が求めるようにひとりでに揺れてしまう。

「——クリスタ、これ以上はもう——」

ギルベルトが深いため息をつき、ゆっくりと腰を引く。ずるりと唇から唾液で濡れ光る肉棒が抜き取られた。

ギルベルトはクリスタの腰を抱えて抱き上げると、自分の股間を跨《また》ぐような格好にさせる。そして、クリスタのスカートを捲り上げ、下穿きを引き下げた。

「あ、ん」

ギルベルトの指が素早くクリスタの股間をまさぐる。

「ふふ、もうびしょびしょになっている。私のモノをしゃぶりながら、いやらしい期待をしていたんだな?」

ギルベルトが欲望に満ちた眼差しで見つめ、薄く笑う。

「いやぁ……言わないで」

そんな目で見られると、心身がさらに淫らに彼を渇望してしまう。クリスタは恥ずかしさに目を伏せた。

「ほら、このまま腰を下ろして、私を受け入れて」

ギルベルトがクリスタの細腰を抱えたまま、じわじわと押し下げてくる。綻びきった花弁にぬるっと熱い先端が押し当たると、じーんと背中に甘い戦慄《せんりつ》が走った。

「あ、んんっ」

「いい声だ。自分で挿入《い》れてごらん」

「そんな……ぁ」

一刻も早くひとつになりたいと、劣情が肥大する。だが、自ら腰を使うことにまだ抵抗があった。

「ほら、早く。私が欲しいだろう?」

亀頭の先端で陰唇を突つかれると、じんじんと蜜口が疼いて苦しいくらいだ。

「あん、もう、あぁ……」

クリスタは太い欲望の根元に片手を添えて、じわじわと腰を沈めていく。

「あ、あ、ぁ、ああ」

膨れ上がった切っ先が、案外あっさりと媚肉のはざまに呑み込まれていく。太茎に熱く熟れた内壁が押し広げられていく感覚に、ぞくりと肌が粟立《あわだ》った。

「はぁっ、は、はぁ……ぁ」

そのままズブズブと最奥まで呑み込んでしまう。先端が感じやすい部分を強く押し上げてくる衝撃に慌てて腰を浮かそうとすると、今度は抜け出る感触に艶かしい快感が走り、動きを止めてしまう。

「ほら、恥ずかしがらないで。もっと私を感じて」

ギルベルトが下から軽く腰を突き上げて促す。その衝撃だけで、脳芯に鋭い愉悦が走る。

「ひゃぅ、あ、だめ、動かないで……っ」

「だったら、自分で気持ちよくならないと、クリスタ」

ギルベルトがこつんこつんと先端で突ついてくるので、クリスタは耐えきれずにぎこちなく腰を上下に動かす。

「あ、あぁ、あ、は、はぁあ……ん」

「そうだ、上手だぞ」

ギルベルトが褒めながら、両手でクリスタの乳房を薄い布地越しに摑んだ。そして、ツンと尖ったふたつの乳首を、指先でくりくりといやらしく抉《えぐ》った。じーんと鋭い刺激が下腹部を襲い、興奮に拍車をかける。

「あんぅ、や、だめ、そこいじっちゃ……あ、あぁ、は、はぁあ」

感じ入った蜜壺《みつつぼ》がきゅうっと収斂《しゅうれん》し肉胴を締め上げ、快感を増幅させる。

「あぁ、あん、あぁ、ギルベルト様、あぁ、いいの、気持ち、いい……」

もう心地よいとしか感じられず、羞恥心は消え失せ、クリスタは夢中になって腰を振り立てた。

「すごく締め付けてくる、ほんとうに感じやすくなったね、クリスタ。素敵だよ、最高だ」

はしたなく乱れるクリスタの痴態を、ギルベルトは目を眇めて見つめる。

「落日の最後の紫の光が、君を照らして、この世のものと思えないほど美しいよ。もっと乱して、もっとめちゃくちゃにしたい」

ギルベルトの双眸《そうぼう》に嗜虐《しぎゃく》の色が光り、彼はやにわに真下から突き上げてきた。

「ひっ、あああああっ」

その凄まじい衝撃に、クリスタは瞬時に絶頂に押し上げられた。

「あ、あぁ、すごい……あぁ、だめ、そんなの……あぁあっ」

クリスタはガクガクと総身を慄《おのの》かせながら、ギルベルトを濡れた瞳で見つめて懇願する。

「だめ、あ、もう、達ったの、あ、こんなの、悦すぎて、ほんとうに壊れちゃう……っ」

ギルベルトがにやりと口角を上げる。

「そんな可愛いことを言われたら、もっと壊したくなるだろう?」

ギルベルトはクリスタの腰をがっちりと摑み、腰を押し回すようにしてぐりぐりと深部を抉ってきた。

「はああっ、あ、すご……あ、あ、や、だめ、あ、また、達く……っ」

激しい突き上げに、快感が次々上書きされ、瞼《まぶた》の裏側が真っ赤に染まる。

クリスタは四肢を引き攣《つ》らせ、ギルベルトの肩にしがみついて身悶《みもだ》えた。

愛を確認し合ってからは、数えきれないほど身体を重ねていて、クリスタの官能はどうしようもないほど敏感に育ち、ギルベルトの与えるわずかな刺激でも絶頂に飛んでしまうようになっていた。しかも、その愉悦は底なしで、求め合えば求め合うほどにさらに深淵を極めていくのだ。

「だめ、速、い、あ、すぐ、あ、達って、あ、また達くぅ」

クリスタはギルベルトの腰上で、艶やかな赤い髪を振り乱して悶え狂った。

「あぁ、あ、あ、許して、も、もう、あ、死んじゃう、あ、だめに……っ」

新婚旅行の解放感も加わってか、いつもよりさらに絶頂感が強い気がした。

「ああ可愛い、クリスタ、そんな顔されては、私はますます君が欲しくなる」

ギルベルトは顔を寄せて、喘《あえ》ぐクリスタの唇を貪《むさぼ》りながら、情熱的な抽挿を繰り返した。

「んぅふ、ふぁ、んんんぅ、ん、はぁうううんん」

クリスタも夢中になってギルベルトの舌を味わう。

胎内が強く蠕動し、溢れた愛蜜が飛沫《ひまつ》を上げて肉槍を締め付ける。

ギルベルトはやにわに体勢を入れ替え、クリスタの両脚を肩に担ぐようにして身体をふたつ折りにし、がつがつと真上から突いてきた。

「ひあぁ、あ、だめ、これ、あ、当たる、奥、当たるぅ、だめ、だめに、あああぁ、あぁっ」

あまりにも鋭すぎる絶頂を際限なく迎え、クリスタは我を失って、甲高い嬌声を上げ続けた。感じ入った全身が、ぶるぶると痙攣する。

「やぁ、死んじゃう、ギルベルト、もう、死んじゃう……っ、お、願い、もう、もうっ……来て、一緒に、ねぇ、来てぇっ」

クリスタは随喜の涙を零しながら、最後の時を告げる。

ギルベルトは引きしまった身体から汗を滴らせながら、自らも高みを目指して腰の動きをどんどん速めていく。

「あ、あぁ、あ、あぁあ、好き、あぁ、ギルベルト、愛している……っ」

頭の中が喜悦で朦朧《もうろう》とし、嬌声を上げすぎて声が掠れてしまう。

「私も愛している、クリスタ——愛しているっ」

ギルベルトの乱れた呼吸と低いささやきに、クリスタは魂が抜けて全身が浮遊するような錯覚に陥《おちい》る。

胎内の最奥で脈動が大きく震えた瞬間、

「あ、あぁあっ、あぁああぁあっ」

「くっ――」

絶頂の極みで激しく収斂する濡れ襞の奥に、ギルベルトの熱い奔流が注ぎ込まれる。

直後、二人は深く繋がったまま動きを止めた。

「はぁっ……ぁ、あ、ぁ、はぁ……ぁ」

クリスタは酩酊した顔で、ぼんやりとギルベルトを見上げる。

すべてを出し尽くしたギルベルトが、同じように満足そうに見返してくる。

愛し合うギルベルトと、ひとつに溶け合うこの刹那の時間が、この世で一番好きだ。

クリスタはしどけない笑みを浮かべ、総身から力が抜けていくのを感じる。

幸福な浮遊感に浸《ひた》っていると、ギルベルトがクリスタの乱れた髪を撫で付けながらささやく。

「ああクリスタ、ごらん、一番星が出たよ」

クリスタは言われるまま、薄闇に染まっている空を見上げる。

きらりと一番星が輝く。

「綺麗……」

うっとりとつぶやくと、ギルベルトがちゅっと額に口づけした。

「君の方が、綺麗だよ」

照れ臭さと擽《くすぐ》ったさに肩を竦める。

「もう……っ、口が上手なんだから」

「本気さ、わかっているくせに」

「ふふっ」

クリスタもちゅっと彼の頬に口づけを返す。

「あなたも最高に素敵だわ」

ギルベルトがわずかに目元を染める。

「なんだか、面映《おもは》ゆいな。いつもハキハキした口調の君も好きだけれど、抱いている時の君も格別に優しくて、とてもいいな」

「まあ、それじゃあ、いつもは私が優しくないみたいじゃないですかっ」

ぷっと頬を膨らませると、ギルベルトがくすくす笑う。

「ふふ、調子が戻ってきたようだな」

「もうっ、意地悪ね」

「私のそういうところも、好きだろう？」

「もうっ……好きよ」

「ふふ」

「ふふっ」

二人は顔を見合わせ、幸福そうに笑い合う。

その後、身支度を整えた二人は、夕食をデッキに運んでもらうことにした。

食卓の準備ができるまで、二人で船の後尾で手すりにもたれて寄り添っていると、一人の侍従が現れた。彼はお盆の上に、折り畳んだ小さなメモを乗せている。

「陛下、夕刻前、本国のアントン様よりの伝書鳩が到着しておりました。これが伝言です」

「ご苦労」

ギルベルトは受け取ったメモを開き、さっと目を通す。そしてすぐにメモを手の中に丸めてしまった。

「アントンが、何を言ってきたの？」

クリスタがたずねると、ギルベルトは苦笑する。

「喧嘩せずに仲良くやっていますか？　だと。彼は心配性だからな」

「まあ、ふふ」

二人は額をくっつけてくすくす笑い、啄《ついば》むような口づけを繰り返した。

シェフの心づくしの晩餐を囲み、二人は満点の星の下で乾杯をする。

「明日には、島に到着するのね、ほんとにワクワクするわ」

クリスタが声を弾ませると、ふいにギルベルトが表情を改めた。

「クリスタ、これから何があろうと、私を信じてついてきてくれるね？」

クリスタは目を瞬く。

「もちろんよ、急に真面目になって、どうしたの？」

ギルベルトは一瞬顔を伏せたが、真剣な眼差しで見つめてきた。

「話があるんだ——君の力が必要だ。皇帝として、皇妃の君に力添えを願いたい」

「皇妃として——」

クリスタは自分も前からギルベルトに話すことを胸に秘めていた。だが、「必要」という言葉に強く心を揺さぶられた。

「ギルベルト様、あなたのお話を伺うわ」

「そうか。では心して聞いてくれ」

そしてギルベルトは、静かに語り出した。

クリスタは彼の言葉をひと言も聞き漏らすまいと、息を詰めて聞いていた。

第五章　二人の絆

島での新婚旅行は、最高に素晴らしいものだった。

そこは周囲十キロほどの小島だが、エメラルドグリーンの海と緑濃い森、こんこんと湧き出る泉を有していて、大自然に囲まれている。二家族だけだが、島民が生活していて、普段はホルガー皇家のために島の管理を行っていた。海岸線に建てられたホルガー皇家の大理石の離宮は、砂浜より白くそれは見事で美しい建物だ。

二人は毎朝早起きして、裸足で手を繋いで砂浜を散歩した。散歩から帰ると、採りたての卵や果物での朝食を取り、その後は二人きりで屋内外で思いきり娯楽に興じた。

昼間は、海辺での日光浴、水遊び、釣り、乗馬、森の中のハイキング等を楽しみ、天気が悪い時には離宮のゲームルームでチェスやカードゲーム、ジグソーパズル、小広間でのダンス、互いに本を読み合ったりして過ごした。思いきり遊んだ後の、新鮮な魚や野菜中心の健康的な食事は、それはそれは美味しくて、クリスタは思わず食べすぎてしまい少し体重が増えてしまったくらいだ。

夜は二人で欲望の赴くままに身体を重ね、快感を分かち合った。

クリスタのこれまでの人生の中で、一番幸せな時間だった。

明日はいよいよ帰京という夜。

すっかり帰り支度を終え離宮を後にすると、明日早く出航するため、二人は船着場に停泊している客船の寝室で新婚旅行の最後の夜を過ごした。

熱く愛を交わし終わった二人は、気だるい快楽の余韻に浸《ひた》りながらベッドに横たわっていた。

「明日はもう帰京だね――あっと言う間だった」

クリスタの長い髪の毛を指先で梳《くしけず》りながら、ギルベルトが残念そうに言う。

クリスタも同じ気持ちだ。いつまでも二人でいちゃいちゃして暮らせたらどんなにいいだろう。

でもこの新婚旅行で、甘い気分は充分満喫した。

明日からは、皇帝と皇妃として国のために生きるのだ。

クリスタはゆっくりと起き上がると、枕の下からホルガー帝国ゆかりのあの古いオルゴールを取り出した。このオルゴールはクリスタの大事な宝物になっていて、いつでもどこでも肌身離さず持ち歩いている。

「ギルベルト様、これを見てください」

クリスタはオルゴールの引き出しを開け、小さな皮袋を取り出した。そしての袋の口を開く。中のものが手のひらに転がり出た。クリスタはそれを差し出した。

ギルベルトがハッとして身を起こした。

「これは――母上の指輪？」

クリスタはこくんとうなずく。

「十一年前、お別れの時に、あなたが私にくださろうとした亡き皇妃様の金の指輪です。あの時、私ったらかっとなって投げ捨ててしまって。あなたがお怒りになったのももっともです。ほんとうに、あの頃の私はわがままな子どもでした」

ギルベルトは感に堪《た》えないといった顔になる。

「では、君はこれを探し出してくれたんだね？」

「はい。自分はなんてひどいことをしてしまったのだろうと、とても後悔しました。いつかあなたに謝罪してお返ししたくて、ずっと保管していたの。でも、あの頃の不快な気持ちや、亡くなられたお母上のことをあなたに思い出させるのも忍びなくて、ずっと言い出せずにいたの。だから、ここできちんと謝ります。あの時の軽率な言動を、許してください。今夜、やっとあなたにこれをお返しできます」

クリスタは長年胸に溜まっていた深い悔いをやっと解消できて、ホッと息を吐いた。

ギルベルトは差し出された指輪を受け取り、じっと見つめた。

「よもや、この指輪が再び私の手に戻るとは」

「大切にしてくださいね」

「ではクリスタ、左手を出して」

「え？」

ギルベルトはクリスタの左手を取ると、結婚指輪の上に重ねるようにして、指輪をはめた。

そしてそこに唇を押し付けると、ニッコリ笑う。

「今度は投げ捨てないようにな」

「あ……ギルベルト様、でも、大事な前皇妃様の形見の品では？」

「母上はね、いつか私にほんとうに愛する女性ができたら、これを贈るようにと言ってくださったんだ」

「え」

ギルベルトは満面の笑みになる。

「最初に出会った時から君のことが好きだったと言ったろう？　それは真実の気持ちで、十一年前から、私はずっと君を愛しているっていう証がこの指輪だったんだよ」

「ギルベルト様ったら……」

クリスタの胸はきゅうっと締め付けられ、目から涙が溢《あふ》れ出す。

「嬉しい……一生大事にします」

「そうしてくれ」

ギルベルトは感激に肩を震《ふる》わせるクリスタを抱きしめ、宥《なだ》めるように背中を優しく撫《な》でた。

クリスタは全身に染み渡る愛情で気が遠くなりそうだった。

ギルベルトのためならなんでもできる、命も捧げられると強く思う。

――夜明け前のことである。

ふいに島中に、どどーんという大きな爆発音が響いた。

抱き合ってぐっすり眠っていたギルベルトとクリスタは、飛び上がって目を覚ました。

「い、今の大きな音は何？」

クリスタはドキドキしながら起き上がる。彼女より先にベッドを飛び降りたギルベルトは、素早く椅子に掛かっていた服を着込みながらつぶやく。

「大砲音だ。上の様子を見てくる。侍女をここに寄越すから、君も着替えて待機してるんだ」

ギルベルトは腰のベルトに剣を差すと、寝室を飛び出した。階上の甲板で、ばたばた走り回る船員たちの足音がして、緊急事態を感じさせる。

ほどなくして、旅に同行していたアデルが飛び込んでくる。顔色が青ざめている。

「皇妃様、急ぎお着替えを」

クリスタは慌《あわ》ててベッドから降りて、アデルに手伝ってもらい着替えを始めた。

「どうしたの？　さっきの音は大砲の音だって、ギルベルト様が言っていたけれど」

アデルが緊張を隠せない口調で答えた。

「大きな軍艦が、船着場に侵入してきたのです。どうやら、アダン王国の軍艦のようです」

「アダン王国ですって⁉　どうしてこの島に？」

着替え終わると、そのまま甲板へ続く階段を上がっていこうとするクリスタを、アデルが引き止めようとする。

「皇妃様、甲板は混乱していて危のうございます。ここにお留まりください」

クリスタはアデルの手を振り払う。

「ギルベルト様が、陛下が上におられるわ。皇妃の私も行きます」

そのまま階段を駆け上がった。

外はしらじらと夜が明けかけていた。

すぐ目の前に、異国の軍艦がぬっと迫っていた。帆縄にはためく旗を見ると、アデルの報告通りアダン王国のものだった。軍艦に備え付けられている大砲が、ぴたりとこちらに狙いを定めている。

船員たちが甲板を右往左往している。

ギルベルトが舟先に立ち、凛《りん》と響き渡る声で指示していた。

「落ち着け！　もやいを解いて、帆を張る準備をし、いつでも船を出せる状態にしておけ！」

クリスタはギルベルトのもとに駆け寄った。

「ギルベルト様！」

ギルベルトは緊迫した表情で振り返る。

「君は階下に避難しろ！」

「いやです！　皇妃は常に皇帝とともにいます！　約束したではないですか！」

クリスタはキッとして言い返した。その語勢に呑《の》まれたように、ギルベルトが押し黙る。

そして、無言でクリスタに手を差し出した。

「そうだった。私には君が必要だ」

クリスタは片手を預け、ギルベルトの横に並んで立った。

「おお、クリスタ王女殿下、いや皇妃陛下、また会えたね」

ふいに向かいの軍艦から、聞きなじみのある声がした。

そして、軍艦の甲板に一人の男性が出てくる。見覚えのある姿に、クリスタはハッと息を呑んだ。

「モロー公爵⁉」

モロー公爵は舳先《へさき》まで進んでくると、腕を組んでニヤリとした。これまでの優しげな仮面を脱ぎ捨てて、卑劣な表情になっている。

「その通りだ」

「な、なぜあなたが、アダン王国の軍艦に乗り込んでいるの？」

「なに、前々からアダン王国とは密かに手を結んでいたのさ」

「え？」

「本来なら、私は君と結婚してヨッヘム王家の中心にに入り込み権力を握り、王国を支配する予定だった。国王は病気、王太子はまだ少年だ。だから私が国の権力を握れるはずだったんだ」

クリスタの全身から血の気が引いた。

「あなたは、そのために私に親切めかして近づいていたの？」

モロー公爵が肩を竦《すく》めた。

「そうでもなければ、醜《みにく》いアヒルの子の君を口説いたりしないさ。他の王女たちは金髪青い目で美人揃いなのに、君ときたら赤毛で──」

侮蔑《ぶべつ》的な言葉にクリスタは屈辱《くつじょく》で身が震えるのを感じた。

「べちゃくちゃとよくしゃべる男だな、公爵。クリスタが手に入らなかったから、アダン王国と取引をしたのか？」

ギルベルトが冷静な声で口を挟んだ。モロー公爵は話の腰を折られて、じろりとギルベルトを睨《にら》む。

「そうだ。アダン王国のエレオノーラ王女も、君を手に入れられないことを恨み、同盟条約を破って反旗を翻《ひるがえ》すことにした。君たちが航海旅行に出ると情報を得て、先に皇帝さえ捕らえてしまえばこちらのものだと考えたのさ。うまくいったよ」

モロー公爵が手を挙げると、松明《たいまつ》を持った兵士たちが大砲の傍《そば》に取り付いた。大砲は客船ばかりではなく、島の方にも向けられてあった。モロー公爵は懐から短銃を取り出すと、ぴたりとギルベルトの心臓のあたりに向けた。

「ギルベルト皇帝陛下、ここで降参すれば、命だけは助けてやる。その代わり直ちに、皇帝の位を降りてもらうがね」

モロー公爵の勝ち誇った台詞《せりふ》にギルベルトは冷ややかに返した。

「武力で国を奪う者は、いずれ武力によって滅ぼされる。愚かしいな、モロー公爵。貴殿には国を平和に治める才などない」

モロー公爵がカッと顔を赤くした。

「偉そうに――では、貴殿を撃ち殺し、船も島も吹き飛ばしてやるぞ」

ギルベルトが宥めるように手を挙げる。

「待て。その前にクリスタをそちらの軍艦に移してやってほしい。そもそも彼女はホルガー帝国の人間ではない。彼女を巻き込む必要はないだろう。今ここで離縁して、ヨッヘム王国へお返ししてもよい」

クリスタは目を見開く。

「ギルベルト様、なんですって⁉　離縁など——」

モロー公爵が表情を緩めた。

「へえ、クリスタを返してくれるのか？　それはありがたい。彼女が私と再婚すれば、当初の目的通りになるしね」

クリスタはモロー公爵を睨んだ。

「誰が、あなたなどと再婚するものですか！」

モロー公爵は意地悪く答える。

「出戻り王女など、誰も引き取ってくれないぞ、クリスタ」

「クリスタ、そちらの船に移るんだ」

ギルベルトが静かに言い募る。

クリスタはいやいやと首を振る。

「いやですっ」

「さっさと行け！」

ギルベルトはその場の空気がびりびり震えるほどの大声を出した。

「——」

クリスタはその迫力に声を失う。

ギルベルトが声量を落とし、モロー公爵に言う。

「そちらの舳先をもう少し近づけろ。クリスタを引き渡す」

「わかった。おい、前進だ」

モロー公爵の合図で、軍艦がじりじりと接近してきた。

アダン王国の兵士が、両方の船にかかるように渡し板を置いた。

「さあ、クリスタ、行くんだ」

ギルベルトが促す。

モロー公爵は渡し板の端まで来ると、片手を差し出してきた。

「クリスタ、こちらへ来い。君の身の安全は保証する」

クリスタは胸が張り裂けそうで、涙目でギルベルトを見つめる。

「ギルベルト様……私……」

ギルベルトは優しくうなずいた。

「行きなさい。大丈夫、なんの心配もない」

励ますように言われ、クリスタは意を決した。

渡し板に足をかけ、一歩一歩歩き出す。

向こう側では、モロー公爵が手を差し伸べ、勝ち誇った顔で待ち受けている。

クリスタは緊張感が高まり、心臓がばくばくするのを感じた。

恐れてはいけない。

ギルベルトが背後にいる。

彼がきっと助けてくれるはずだ。

信じるのだ。

震える手を差し出し、モロー公爵の手を握る。

「よし、そのままこちらへ」

モロー公爵が声がけした瞬間、クリスタは彼の手を強く握ったまま、渡し板を蹴って全体重をかけるようにして相手の胸に飛び込んだ。そのまま、モロー公爵の上着をしっかり摑んだ。

「うわっ」

クリスタに力任せにしがみつかれ、モロー公爵は一瞬ふらつく。

その直後、目にも留まらぬ速さでギルベルトが渡し板を飛び越え、軍艦に乗り込んだ。クリスタは、さっとモロー公爵から身を引き、甲板の上に転がった。

あっと言う間に、ギルベルトはモロー公爵の上に馬乗りになった。

「わっ！」

ずでんどうとモロー公爵が仰向《あおむ》けにひっくり返る。

すでに抜き身になったギルベルトの剣先が、モロー公爵の喉元に突きつけられていた。

「動くな、このまま喉を貫くぞ」

ギルベルトが地を這《は》うような恐ろしい声を出し、短銃を握っていたモロー公爵の右手を長靴で思いきり踏みつける。ぽろっと短銃が手から転がった。クリスタの傍に短銃が転がってきた。

それは、わずか数秒の出来事で、アダン王国の兵士たちは、何が起こったのか事態が飲み込めず、棒立ちのままだ。

「モロー公爵、大砲を収めるよう兵士たちに命令しろ。でなければ、命は保証しない」

ギルベルトが静かだが殺気を孕《はら》んだ表情でモロー公爵を見下ろす。

モロー公爵は真っ青になった。

「あ、わわ、わかった——た、大砲を収めよ」

モロー公爵が震え声で命令すると、アダン王国の兵士たちは動揺したようにきょろきょろした。

「さっさと命令に従え！」

ギルベルトが威厳ある声で言うと、アダン王国の兵士たちはのろのろと動き出す。

モロー公爵は汗をだらだら流しながら、負け惜しみを言う。

「ギルベルト皇帝、一人でどうするおつもりだ？　多勢に無勢だ。私の命を奪っても、その後即座に、アダン王国の兵士たちに八つ裂きにされるぞ」

ギルベルトはモロー公爵を睨《にら》んだまま、不敵に笑った。

「そうでもないさ」

ギルベルトがわずかに首を動かすと、ホルガー帝国の客船の手摺り越しに、銃を構えた船員たちがずらりと整列した。ギルベルトはにやりとする。

「残念だね。客船には腕のよい兵士を一部隊潜ませておいたのだ」

「な、なんだと――!?」

モロー公爵の顔が紙のように真っ白になった。

ギルベルトは油断なく剣先をモロー公爵の喉元に向けながら、ゆっくり身を起こした。

「アダン王国兵士諸君、私は君たちに武装解除をすすめる。今降伏すれば、君たちはモロー公爵の陰謀に巻き込まれた被害者、という体裁にしよう」

「馬鹿なことを言うな！　おい、お前たち、私に構わずこの男を殺せ！」

モロー公爵がヤケクソ気味に喚《わめ》いた。

だがその時、あたりに汽笛の音がけたたましく鳴り響いた。

その場にいた全員がぎくりと身を固くする。

日が昇り始めた水平線の向こうから、黒々とした多数の軍艦が姿を現したのだ。

全艦、ホルガー帝国の紅白の国旗を掲げていた。

ホルガー帝国の艦隊はみるみる近づき、アダン王国軍艦を包囲した。

ギルベルトはちらりとそちらに目をやると、すっと剣を引いた。そして、アダン王国兵士たちを見回し、厳しい声で告げる。

「我がホルガー帝国の軍艦が、お前たちの軍艦を取り巻いている。私の命令ひとつで、いっせいに攻撃を開始するぞ」

アダン王国の兵士たちに動揺が走る。やがて、一人また一人と、アダン王国兵士たちは武器を甲板の上に置き始めた。

ギルベルトが片手を挙げると、ホルガー帝国の兵士たちが乗り込んできて、武器を回収し、アダン王国の兵士たちを甲板の中央に集めた。

ギルベルトはおもむろにモロー公爵から離れ、剣を鞘《さや》に収めた。

「ここまでだ、モロー公爵。観念するんだな」

「無念――」

モロー公爵は観念したようにのろのろと起き上がった。

が、かと思うと、甲板の隅に転がっていた短銃めがけて飛びつこうとした。意外に機敏な動きだった。

「危ないっ、ギルベルト様っ」

それまでことの成り行きをじっと見つめていたクリスタは、とっさに目の前に転がってきた短銃の上に身を投げる。

「どけっ、クリスタっ」

モロー公爵がクリスタの髪の毛を摑んで乱暴に引き離そうとした。

「いやっ」

激痛もなんのそのクリスタは必死で抵抗しようとした。

その直後、どすっと肉を打つ鈍《にぶ》い音がしたかと思うと、

「ぐあっ」

モロー公爵がくぐもった悲鳴を上げ、どさりと甲板に倒れ込んだ。彼は白目を剝《む》きそのまぴくりとも動かない。

ギルベルトが目の前に剣を構えて仁王立ちしている。彼の顔は凄まじい怒りに蒼白になっていた。

「私のクリスタに指一本触れるな！」

「あ……」

ギルベルトがクリスタに手を差し出す。

「怪我はないか？」

クリスタはギルベルトの手にしがみつくようにして立ち上がり、ひっしと彼に抱きついた。

「ああギルベルト様、ご無事でよかった！」

ギルベルトはぐいっとクリスタの顎《あご》を摑んで顔を上げさせると、カッと吠えた。

「何がご無事だ！　君が危ういところだったんだぞ！　大人しくしていろと言ったろう？」

怒鳴りつけられ、クリスタは思わず言い返した。

「だって、ギルベルト様に万が一のことがあったらと思うと、無我夢中で――」

「万が一など、私にはない。相手の動きなど見切っていた。君がでしゃばるまでもない」

「で、でしゃばるなんて、ひどい……」

安堵《あんど》と口惜しさがごっちゃになり、クリスタはぽろぽろと涙を零した。

「ギルベルト様が、心配だった、のに……」

ひくひくと肩を震わせると、ギルベルトの表情が一変した。彼はクリスタをぎゅっと抱きしめ、せつない声を出す。

「馬鹿だな、私が一番大事なのは君だ。君に何かあったら、私は生きていけない。君を心から愛しているんだ。わかっているだろう？」

「ギルベルト様……」

悲しみが消え失せ、歓喜の涙が溢れる。自分からもきつく抱きつく。

「好き、ギルベルト様、愛してます、愛してる」

「クリスタ、私のクリスタ」

ギルベルトはクリスタの額や頬に口づけの雨を降らし、最後に激しく唇を奪ってきた。

「っん、んんぅ……っ」

彼の熱い舌に口腔《こうこう》内をくまなく蹂躙《じゅうりん》され、クリスタは四肢から力が抜けてしまう。

「——こほん、陛下。アダン王国兵士たちの武装解除、完了しました。モロー公爵を医務室へお運びしてもよろしいですか?」

いつの間に現れたのか、傍から、遠慮がちにアントンが声をかけてくる。

ギルベルトははっと腕を離し、表情を引きしめる。

「早く手当てしてやれ。峰打ちで、気絶させただけだ。そのうち目覚めるだろう」

「承知いたしました」

アントンが手を挙げて合図すると、数人のホルガー帝国の兵士たちがモロー公爵を抱えてその場から連れ出した。

気がつくと、遠巻きにしていたホルガー帝国艦隊が接近して停泊していた。

ギルベルトは艦隊をぐるりと見渡してうなずく。

「艦隊の到着は、ぴったり間に合ったようだな、ご苦労、アントン」

「は——私の方はアダン王国側と話し合いました。エレオノーラ王女は、モロー公爵の甘言に乗せられて、独断で軍艦を出させたとのこと。アダン国王は全面的にこちらに謝罪をしました。両国の同盟については、今後陛下を交え締結し直したいとの意向です」

アントンの報告に、ギルベルトは考えるように言う。

「エレオノーラ王女の背後でアダン国王が糸を引いていることは確実なのだが、アダン国王は、全てモロー公爵に罪を着せる意向だな。まあよい、相手の手の内は見えている。こちらには軍艦一隻分のアダン王国の捕虜もいる。帰京したらすぐにアダン国王に会談を打診しよう。まずは、帰京だ。アントン、全軍艦に帰途の指示を出せ」

「承知しました」

アントンがその場を下がると、ギルベルトは傍《かたわ》らに控えているクリスタに微笑みかけた。

「クリスタ、客船に戻ろう。君は大活躍したからな、首都の港に戻るまで、ゆっくり休むといい」

クリスタは頬を真っ赤に染めた。

「大活躍なんて——意地悪ね」

「いや、本心から君の勇敢さには驚かされた。君を思うあまり、大きな声を出してしまったことを謝る」

「ううん、私も無茶をしました。もう少しあなたを見習って、冷静に行動できるように努力するわ」

ギルベルトが白い歯を見せた。

「ではもう仲直りだな。さあ、愛しい朝焼けの君。おいで」

眩《まぶ》しい笑顔で誘われると、クリスタはたちまち機嫌が直ってしまう。

「はい」

頬を染めてギルベルトに寄りそう。

空は晴れ渡り波は穏やかでいい西風が吹き、帰りの航海は順調であった。

クリスタはデッキの手摺りにもたれ、海風に真紅の髪をなびかせて水平線を見つめていた。

そして、一時間前の緊迫した出来事を思い返す。

モロー公爵とアダン王国が裏で手を組んで、謀略《ぼうりゃく》を巡らせているという話をギルベルトから打ち明けられたのは、明日は島に到着するという夜だった。

はじめクリスタはとても信じられなかった。が、ギルベルトがひとつひとつ裏付けのある話をしてくれたことで、恐ろしい陰謀の全容を理解したのだ。

ギルベルトはアントンに命じて、常にアダン王国とモロー公爵の動向を追わせていた。

新婚旅行というギルベルトが一番油断する機会に、彼らが動くだろうと読んでいた。そのためギルベルトは艦隊を手配し、一挙に陰謀を潰そうと考えた。

あの時、ギルベルトは言った。

「そこで君に頼みたい。モロー公爵を油断させるために、君と離縁してヨッヘム王国へ戻すふりをするから、その時、モロー公爵に隙を作ってほしいのだ。一瞬の隙でいい、手を握るなり、流し目を送るなりして、君の方に気を向けてくれ。その隙に、私は彼を捕縛する。失敗はしない。だから、勇気を振り絞ってやってほしい」

ギルベルトが深々と頭を下げたので、クリスタは目を見開いた。

「そんな、頭など下げないでください。『クリスタ、やれ』とおっしゃってくれるだけでいいの。あなたのためなら、私、全然怖くないわ」

きっぱりと答えた。

「クリスタ――」

ギルベルトは頭を上げ、感動した面持ちでクリスタを見つめる。

「やはり君は素晴らしい人だ。美しく魅力的なだけではなく、胆力もある。唯一無二のかけがえのない私の連れ合いだ」

「ギルベルト様、そのお言葉、最高だわ。一生の宝物です」

二人は熱く見つめ合った。

新婚旅行の最後の晩までは何事もなかった。だが、アントンからは、一隻のアダン王国の軍艦が、この島に向かっているとの報告を受けていた。帰京の時を狙ってくるだろうと、確信したのだ。

そして、ギルベルトの思惑通りに、帰国の当日にモロー公爵の指揮下、アダン王国の軍艦が攻め込んできた。

モロー公爵に手を差し出された時、クリスタは打ち合わせ通り、彼の手を意味ありげに握ろうと考えていた。だが、ギルベルトのためにもう数秒でも時間を稼ぎたかった。それに、自分の容姿を罵《ののし》ったモロー公爵に腹も据《す》えかねていた。

それでつい、体当たりを敢行してしまったのだ。

その後も、転がっていた短銃を身体で覆い隠したり、かなり、いやずいぶん危険な行動を取ってしまった。ギルベルトに叱責《しっせき》されるのは当然なのだが、愛する人のためだと思うと、ひとりでに身体が動いてしまったのだ。

愛はほんとうにものすごい活力を生むのだと、クリスタは身を以《もっ》て知った。


「まだ海を見ているのか？　君はほんとうに海が好きだな」

いつの間にか、隣にギルベルトが寄り添って同じように水平線を眺めていた。

クリスタは微笑む。

「だって、帰京すればしばらくは海に出ることも叶わないでしょう？　色々な思い出の詰まったこの海を、目に焼き付けておきたいの」

「そうか」

ギルベルトはじっと彼方を見遣《みや》っていたが、やがてぽつりとつぶやく。

「私も、今回の新婚旅行で、たくさんのいい思い出ができて、海が好きになれそうだ」

クリスタはハッとする。ギルベルトは海に辛《つら》い思い出があったのだ。

「……ギルベルト様。ごめんなさい、過去の悲しいことを思い出させてしまったわね」

政略結婚しましたが、愛してるのは秘密です
～ツンデレ皇帝夫妻は蜜月に奮闘中～ Vanilla文庫

2022年3月20日　第1刷発行　定価はカバーに表示してあります

著　　者　すずね凜　©RIN SUZUNE 2022
装　　画　御子柴リョウ
発 行 人　鈴木幸辰
発 行 所　株式会社ハーパーコリンズ・ジャパン
東京都千代田区大手町1-5-1
電話　03-6269-2883（営業）
0570-008091（読者サービス係）
印刷・製本　中央精版印刷株式会社

Printed in Japan ©K.K. HarperCollins Japan 2022 ISBN978-4-596-33406-0

クリスタは自分の浅はかな言葉を悔やむ。

しゅんとうつむいたクリスタの頬に、ギルベルトがそっと唇を押し付けた。そして、手摺りに掛けた手に、自分の手を重ねてきた。

「いや、もう海を見ても辛くも悲しくもない。君との楽しい思い出が、そんなものを吹き飛ばしてくれたんだ」

「そう言ってくれると、ほんとうに嬉しいわ。ギルベルト様」

クリスタは満ち足りた気持ちで、ギルベルトの手を握った。

ギルベルトも微笑んで強く握り返してくれた。


その年の暮れ、皇帝ギルベルトは皇妃クリスタの懐妊を公に発表した。

母子ともに無事に出産にいたるようにと、国中の民が朝に晩に祈りを捧げた。

翌年、クリスタは無事、珠のように美しい第一皇女を産み落とす。

ホルガー帝国中が歓喜に沸いた。

一方――クリスタの祖国ヨッヘム王国は、病床にあった父国王が奇跡的に回復し、ギルベルトの支援を得て、次第に国力を取り戻していったのである。

最終章

「お母様、お母様、お支度できましたかって、お父様が——」

ぱたぱたと軽い足音を立てて、今年四歳になる皇女ルビーがクリスタの化粧室に駆け込んできた。母親譲りの艶《つや》やかな赤毛に、父親から受け継いだ青い目をした目が覚めるような美少女である。

「まあルビー、お城の中を走ったりしてはいけませんよ」

化粧台の前に座って、侍女たちから化粧の仕上げをしてもらっていたクリスタは、ルビーを軽く窘《たしな》めた。クリスタは、細かい金糸の刺繍《ししゅう》を施したゆったりとした純白のドレス姿だ。

「はあい、ごめんなさい」

立ち止まったルビーが素直に謝る。

「まったく、皇妃のおめかしは時間がかかりすぎるぞ」

おもむろに入り口に現れたギルベルトは、背後からルビーをひょいと抱き上げた。彼も純白の礼装姿で、相変わらず凜々《りり》しく美麗だ。

「お父様ぁ」

ルビーが嬉しげにギルベルトに抱きつく。

ギルベルトはルビーの柔らかな頬にそっと口づけする。

「私のお姫様は、今日も世界一可愛《かわい》いぞ」

「うふ、くすぐったぁい」

ルビーが身を捩《よじ》ってくすくす笑う。

「さあ、お姫様は先に行っていなさい。私とお母様は後からすぐに追いつくから」

ギルベルトは床にルビーを下ろした。

「では皇女殿下、参りましょう」

今はルビーの専任侍女となったアデルが、ルビーの手を引く。

「はぁい、お父様、お母様、早くね」

ルビーは手を振りながら、アデルとともに化粧室を出て行った。

「では、私たちも参りましょうか」

クリスタが椅子から立ち上がろうとすると、ギルベルトが素早く駆けつけて手を添えてくれた。

「ゆっくり、ゆっくりだぞ」

ギルベルトはもう片方の手で慎重にクリスタの背中を支え、ぴったり寄り添う。

「大丈夫よ、ギルベルト様」

クリスタは無意識に、ふっくら膨らんできたお腹のあたりを撫《な》でる。第二子は順調に育っている。

「苦しいか？　気持ちが悪くなったらすぐに私に言うのだぞ」

ギルベルトが心配そうに顔を覗き込んでくる。

「もう安定期ですから、少しは動いた方がいいんです」

クリスタはにこやかに答える。

「だが——君は意外に大胆なことをするからな。私は気が気ではない」

ギルベルトは心底気遣《いと》わしげだ。

そんな彼の表情が愛おしくて、クリスタはますます笑みを深める。

「今日は、成婚五周年の式典ですから、皇妃が出席しないわけにはいきませんわ。この日を祝おうと、全国から民たちが首都に集まってきてくれているのですし。さあ、急ぎましょう」

「わかっている、わかっている」

ギルベルトは口ではそう言いながらも、ゆったりとした足取りで歩き出す。

クリスタは彼に寄り添うようにして、歩みを進めた。

お披露目用のバルコニーへ向かう廊下を先導する兵士の後を、並んで歩きながら、ギルベ

ルトが夢見るような顔つきでつぶやく。

「今度は男の子かな、女の子かな。どちらでも、君によく似た赤い髪の子どもがいいな」

「また赤毛ですか？　あなたはほんとうに赤毛がお好きね？」

「大好きだとも。子どもはあと、十人は欲しいな。全員赤毛が理想だ」

「まあ、それじゃあ、お城が真っ赤に染まってしまいそうね」

「いいね、とてもいい。そうだな、そうなったら『朝焼け城』と呼ばせよう」

「もうっ、おふざけが過ぎますわ」

クリスタは睨《にら》むふりをする。

すると、ギルベルトが嬉しげにクリスタの鼻先にちゅっと口づけした。

「愛しているよ、私の朝焼けの君、クリスタ」

クリスタは擽《くすぐ》ったくも心が躍り、自分も彼の鋭角的な頬に口づけを返した。

「愛しているわ、ギルベルト様」

そして、クリスタはぐっとギルベルトの腕を引きつける。

廊下の先から、城の中庭に集まった群衆たちの歓声が聞こえてきた。

二人はぴったりと身を寄せて、バルコニーに向かって歩いていった。

あとがき

皆様こんにちは！　すずね凜です。

今回のお話、楽しんでいただけましたか？

このお話はお気付きの方もおられるでしょうけれど、「赤毛のアン」のオマージュになっています。私はあのお話が子どもの頃から大好きなんです。

赤毛でそばかすで青白い顔色で容姿にコンプレックスを持つアンは、でもとても機知に富んでロマンチストで魅力的な女の子です。彼女の柔らかな感性が、周囲の人々を魅了し深く愛されていく過程がとても素晴らしいお話です。

先日、深夜に某番組でその「赤毛のアン」シリーズの海外ドラマが放映されていました。私は眠い目をこすりこすり毎週観ておりました。主役の女優さんを始め登場人物の俳優さんたちがイメージにぴったりで、カナダの大自然の描写も美しく、ワクワクしながら観ていたのですが、そのうち、あれっ？　と思い始めました。

ストーリーは原作に沿って進んでいくのですが、その中に、ちょいちょい、ジェンダー問題や政治問題、人種問題などが挟まれて、原作にはない登場人物も出てきます。

原作者のモンゴメリーの時代から、今は様々な人権問題の意識も高くなっているので、仕方ないことなのかもしれません。でも、アンのお話の真髄はそういうところじゃないんだけどなぁ、と私は少し興ざめしてしまいました。あくまで個人的な感想ですが。

時代は変わるけれど、いつの世にも変わらないものってあると思うんです。

だから、私はそういう変わらない人間の心情を描ければ、と常に考えています。


今回も、編集さんには大変お世話になりました。

そして、愛らしい魅力的なイラストを描いてくださった御子柴リョウ先生に感謝します。

ほんと、二人のツンデレぶりが余すところなく描かれていて嬉しかったです。

最後に、読んでくださった皆様、また別のロマンスでお会いできる日を楽しみにしております。

原稿大募集

ヴァニラ文庫では乙女のための官能ロマンス小説を募集しております。
優秀な作品は当社より文庫として刊行いたします。
また、将来性のある方には編集者が担当につき、個別に指導いたします。

◆募集作品

男女の性描写のあるオリジナルロマンス小説（二次創作は不可）。
商業未発表であれば、同人誌・Web 上で発表済みの作品でも応募可能です。

◆応募資格

年齢性別プロアマ問いません。

◆応募要項

・パソコンもしくはワープロ機器を使用した原稿に限ります。
・原稿は A4 判の用紙を横にして、縦書きで 40 字 ×34 行で 110 枚 ~130 枚。
・用紙の 1 枚目に以下の項目を記入してください。
①作品名（ふりがな）/②作家名（ふりがな）/③本名（ふりがな）/
④年齢職業 /⑤連絡先（郵便番号・住所・電話番号）/⑥メールアドレス /
⑦略歴（他紙応募歴等）/⑧サイト URL（なければ省略）
・用紙の 2 枚目に 800 字程度のあらすじを付けてください。
・プリントアウトした作品原稿には必ず通し番号を入れ、右上をクリップなどで綴じてください。

注意事項
・お送りいただいた原稿は返却いたしません。あらかじめご了承ください。
・応募方法は必ず印刷されたものをお送りください。CD-R などのデータのみの応募はお断りいたします。
・採用された方のみ担当者よりご連絡いたします。選考経過・審査結果についてのお問い合わせには応じられませんのでご了承ください。

◆応募先

〒100-0004　東京都千代田区大手町 1-5-1　大手町ファーストスクエアイーストタワー
株式会社ハーパーコリンズ・ジャパン　「ヴァニラ文庫作品募集」係